濮阳——中华传统文化重要发祥地之一

中国著名教育家孔子第二故乡

濮阳古代诗词三百首

主　　编　姜爱林
副 主 编　赵永建　马世宝
　　　　　陈海秋　李　强
　　　　　陈　彤

华龄出版社

责任编辑：薛　治
责任印制：李未圻

图书在版编目（CIP）数据

濮阳古代诗词三百首 / 姜爱林主编. —北京：华龄出版社，2021.10

ISBN 978-7-5169-2099-2

Ⅰ.①濮…　Ⅱ.①姜…　Ⅲ.①古典诗歌—诗集—中国　Ⅳ.①I222

中国版本图书馆CIP数据核字（2021）第187065号

书　　名：濮阳古代诗词三百首
作　　者：姜爱林　主编

出版发行：华龄出版社
地　　址：北京市东城区安定门外大街甲57号　　邮　　编：100011
电　　话：（010）58122255　　传　　真：（010）84049572
网　　址：http://www.hualingpress.com

印　　刷：北京文良精锐印刷有限公司
版　　次：2021年10月第1版　2021年10月第1次印刷
开　　本：710mm × 1000mm　1/16　　印　　张：23
字　　数　250千字
定　　价　88.00元

濮陽古代
詩詞三百首

劉文選題

刘文选（1930—），河南省濮阳县人，中国著名书法家、当代艺术家。中国书协第一批元老级会员、河南省书法家协会理事、中国艺术研究院一级画师。先后荣获全国群众文化艺术先进工作者、“德艺双馨书画家”荣誉称号、“世界铀奖艺术家”称号及“世界书画名人”荣誉称号。历任第三届河南省政协委员、濮阳市文联副主席、濮阳市书法家协会主席、濮阳市书画院院长等。代表作有《刘文选书画集（人民美术出版社出版）》、《黄河（书画作品）》、《长江（书画作品）》、《长城（书画作品）》等。

祝賀姜愛林、濮陽古代詩词三百首出版

拂歷史塵埃
現詩詞華彩

辛丑年夏 徐教科

祝贺“濮阳古代诗词三百首”出版

拂历史尘埃

现诗词华彩

徐教科(1958—)，河南省浚县人，河南省知名书法家。系濮阳市慈善总会会长、濮阳市人大常委会原主任。

前　言

濮阳——中华传统文化重要发祥地之一

一、本书编写的意义

中华文化源远流长，积淀着中华民族最深层的精神追求，代表着中华民族独特的精神标识，为中华民族生生不息、发展壮大提供了丰厚滋养。在这一中华传统文化源流大系统之中，“诗词歌赋”是中华传统文化的重要组成部分，也是中华传统文化的独有的文化瑰宝。

“诗词歌赋”浓缩了中华传统文化的精华，展示了千百年来中国人的精神风貌，学习吟诵诗词歌赋很自然地让我们生长出文化自信心和民族自豪感。今天，传统“诗词歌赋”的生命力依然存在，仍然具有启迪心灵、陶冶情操与赋予智慧的巨大力量。如何让包括“诗词歌赋”在内的优秀传统文化与现代生活更好地对接，适应时代的发展需要，把优秀传统文化的内容变成当代中国人的自觉意识与自觉行为呢？这就需要我们采取切实的政策措施，进一步传承和发展包括诗词歌赋在内的中华传统优秀文化。而在实际工作中，发现、挖掘与整理地方优秀的古代诗词歌赋，就是弘扬、光大与传承中华优秀传统文化的一项必不可少的基础性工作。

展望历史：濮阳县历史悠久、文化灿烂，是中华民族、中华传统文化重要发祥地之一，也是中国著名的教育家孔子的第二故乡。一方面，濮阳地理位置优越，历来为帝都国都郡府之地。上古时期，黄帝、颛顼、帝喾、尧、舜皆活动在濮阳地区，故有“颛项遗都”和“帝丘”之称。濮阳是张姓的起源地和祖根地。帝喾佐颛顼于帝丘，尧帝生于庆都（今濮阳县庆祖镇），舜帝生于姚墟（今濮阳县徐镇集）。春秋战国时期，濮阳县数次成为方国建都之处，秦汉以来，濮阳县大都为郡、府、州之治所。另一方面，濮阳人杰地灵，英才辈出，历史上出现过许多政治家、军事家、文学家和贤臣文士。张氏始祖挥公、政治家商鞅、军事家吴起、贤人柳下惠、思想家吕不韦、直臣汲黯都是出生在濮阳的显赫英杰，故濮阳有“卫多君子”之誉。再一方面，濮阳地处中原，战略地位重要，历来为兵家必争之地。商灭夏的“昆吾之战”、春秋楚晋的“城濮之战”、秦末项羽的“章邯之战”、宋辽的“澶渊之战”都发生在濮阳，故濮阳有“古战场”之称。中国历史上“桑间濮上”“退避三舍”“澶渊之盟”等著名典故和重大事件均发生在濮阳。

再看当代：濮阳县是河南省文明县城、园林县城、卫生县城。近年来先后被评为“全国粮食生产先进县”“全国超级产粮大县”“全国农田水利基本建设先进县”“全国畜牧业绿色发展示范县”“国家生态示范区”“全省对外开放先进县”“全省扶贫开发工作先进县”“全省教育工作先进县”“全省职业教育强县”“全省文化先进县”“全省电子商务进农村综合示范县”“全省平安建设先进县”“全省安全生产工作先进县”“全省改善农村人居环境先进县”等一系列称号，进一步彰显了当代濮阳的文化魅力。

基于此，我们选择了黄河流域历史文化名城河南省濮阳县的“古代诗词歌赋”作为研究的对象，并尝试性开展了编写《濮阳古代诗词三百首》一书的具体工作。

二、濮阳县的基本情况

（一）历史沿革：设置与县名演变

濮阳古称帝丘。濮阳之名始于战国末期，因位于濮水（黄河与济水的支流，后因黄河泛滥淤没）之阳而得名。秦初，东郡治所设在濮阳。汉晋沿袭秦制，濮阳为东郡治所。隋开皇十六年始设澶渊县。唐武德年间，改澶渊县为澶水县。五代十国时，改澶水县为澶州县。北宋初期，濮阳称为澶州，设澶州郡，治所在濮阳。北宋崇宁年间，澶州设为北辅，后升为开德府。金皇统五年，改开德府为开州。元时，沿袭金制，濮阳仍称为开州，属于河北省大名路。明、清时期，沿袭元制，濮阳仍称为开州，属于河北省大名府。中华民国三年（1914年）改开州为濮阳县，隶属于河北省大名府。

新中国成立后，仍称为濮阳县。1949年隶属于平原省濮阳专区，1952年隶属于河南省安阳专区。1983年与安阳专区分立设濮阳市，改濮阳县为濮阳市郊区，辖濮阳市郊区、内黄县、滑县、丰县、范县等7县1区。1987年4月，国务院批准撤销濮阳市郊区，重新设立濮阳县，驻城关镇。

明、清时期，开州（即濮阳县）县域面积一直保持不变，但现今濮阳县县域面积因区划调整则有所缩减。

（二）地理环境与经济发展概况

濮阳县位于河南省东北部，隶属于河南省濮阳市。濮阳县县域面积1382平方千米，辖12镇8乡2个省级产业集聚区，993个行政村（居委会），114.3万人，138万亩耕地。黄河流经县境61千米，滩区面积217平方千米。

【自然环境】濮阳县地处东亚中纬地带，受季风影响，形成暖温带大陆性季风气候。四季分明，春季干旱多风沙，夏季炎热雨集中，秋季凉爽日照长，冬季寒冷少雨雪。光照充足，热量资源丰富，雨热同期，有利于作物生长；但降水变化率大，且分布不均，因而旱、涝灾害频繁。

【资源矿藏】濮阳县是全国六大油田之一——中原油田的腹地。

全县探明的石油储量达4亿多吨，天然气储量达546亿立方米，中原油田70%的原油、90%的天然气产于濮阳县。濮阳县可支配中原油田优惠价天然气达63万方/天。濮阳县有发展石油化工深加工得天独厚的有利条件。濮阳县地下盐矿资源非常丰富，已探明储量478.5亿吨，远景储量在1440亿吨以上。盐矿单层厚度在7--36米之间；钙、镁含量低于海盐，平均纯度97%以上；盐矿埋藏深度一般在2100—2700米之间；分布面积在500平方千米以上；同时可以利用中原油田废弃油水井，采取注水法采矿。具有储量大、品位高、易开采的特点。

【水利资源】黄河、金堤河流经全境，黄河流经濮阳县61千米，金堤河流经濮阳县37千米；水量丰沛，全县水资源储量总量在4.9亿立方米以上，地下水资源储量在3.3亿立方米以上，年降水、地表径流水补给量在2.7亿立方米以上，工农业生产用水十分便利。

【经济发展】截至2019年底，全县生产总值增长5.1%；一般公共预算收入完成15亿元，增长15.1%，税比77.2%，位居全市各县第1位；社会消费品零售总额完成193.5亿元，增长10.1%；居民人均可支配收入达到20296元，增长8.9%；常住人口城镇化率达到43.8%，提高1.5个百分点。濮阳县被评为全国法治创建先进县、国家紧密型医共体建设试点县，成功创建为省级农产品质量安全县、普惠金融试点县、全省公共文化服务体系示范区，在全市年度考核中取得了高质量发展二等奖、重点项目建设工作第一名、招商引资工作第一名、扫黑除恶专项斗争第一名、“三大攻坚战”先进县的好成绩。

（三）文化事业发展概况

截至2019年底，全县建有广播电台、电视台、有线电视台、图书馆、文化馆、影剧院、文化体育广场、宣传文化中心等公共文化设施体系，初步形成了县、乡、村三级文化阵地网络，先后被授予“河南省文化先进县”“河南十大文化强县”。

1.文化设施建设成绩显著。建成了覆盖全县的文化信息资源共享网络，全县20个乡镇993个行政村全部实现互联网接入。建成高标准的乡镇综合文化站20个，各类农民文化大院650所，“农村书屋”1005个，开发修建各类历史文化景点10多处。全县基本形成了以县城文化场馆为龙头，20个乡镇文化站为主体，农民文化大院和村级文化活动室为基础，遍布城乡的历史文化景点为点缀的群众性文化阵地网络，使全县文化阵地建设迈上了一个新的台阶。清河头乡娄昌湖村创建为省级特色文化村，清河头乡被评为“河南省民间文化艺术之乡”。

2.群众文化活动丰富多彩。充分利用县、乡（镇）、村文化阵地，坚持以乡（镇）文化站为纽带，以农村文化大院为基础，以个体文化专业户为补充，形成了城乡群众文化活动丰富多彩的喜人局面。

3.历史文化资源初步开发。濮阳县有着悠久的历史和丰厚的文化积淀，素有“中华龙乡”“帝舜故里”“颛顼遗都”“张姓起源地”“澶渊盟城”的美称。濮阳县充分利用本地的丰富文化资源，把文化设施建设纳入城镇建设整体规划，对现有的富有文化特色的工程、建筑、街道进行修缮。对以中心阁为中心的明清四街进行了包装改造，并整修了御井文物景点、八都坊等旅游景点，使中心阁步行街成为独具特色的文化景点。用浓厚的文化氛围提高旅游品位，以张姓始祖源于濮阳为依托，大力开发姓氏文化旅游景点，极大地提高了濮阳县的知名度。

4.文化产业体系初步形成。全县文化产业逐步发展壮大，城乡文化活动场所众多，文化产业门类齐全。其中有旅游景区（点）10处（其中国家AAA级景区一处，AA级景区二处），KTV厅16家，印刷、打字复印商店36家，音像图书销售商店57家，文艺培训机构5家，专业文化艺术团体3家，网吧76家，影剧院1座，游艺娱乐场所3家，数字电影放映队49支，文化产业年产值1.2亿元。

5.非物质文化遗产保护工作成效显著。全县共有93个项目被列入各级政府公布的非物质文化遗产名录。具体包括：国家级2项（大平调、大弦戏）、省级9项（大平调、大弦戏、白堽二夹弦、茂家状元红酒酿制技艺等）、市级36项（挥公传说、木笔书画、刀笔书法等）、县级136项。拥有国家级非物质文化遗产代表传承人3人、省级11人，市级48人。

6.旅游风景名胜体系基本形成。重点风景名胜包括：（1）回銮碑与御井。回銮碑，亦作契丹出境碑，位于濮阳城内御井街西侧。其南有一古井，相传为北宋真宗驻跸时所凿，故称御井。（2）唐兀公碑。唐兀公碑为元顺帝至正十六年（公元1356年）所立，造型奇特，隽秀雅致，具有很高的历史、艺术、科学价值。1987年被列为河南省第二批重点文物保护单位。（3）八都坊。又叫澶渊名阀坊，坐落于濮阳城内北大街。坊为青石结构，由石条、石柱叠砌嵌合，浑然一体，坚固耐震。（4）瑕丘古迹。瑕丘古迹都是清嘉庆九年知州李符清所立。古迹中有小庙，内塑观音。庭院树荫覆盖，碑碣林立。东西两厢，内悬十大天王图像。（5）张挥公园。张挥公园坐落在濮阳县东关老虎台地，金堤以北，南环路以南。张挥公园由张挥公墓、张挥公碑、张挥公像等构成，占地面积600亩。园林路面用卵石粘铺成各种不同的图案。道路两侧栽植树木花卉。张挥公园成为濮阳市区一游览景点。（6）中华第一龙。濮阳县城西南西水坡出土了距今6400多年仰韶文化时期的蚌塑龙虎型图案，轰动中外考古界，被称为中华第一龙，濮阳县也因此被赞誉为中华龙乡。

三、濮阳县明清时期古迹概况

濮阳古称帝丘、楚丘。曾经是昆吾国、卫国、濮阳国等古国所在地，也是东郡、濮阳郡、开德府、澶州、开州等郡州治所在地。概而言之，濮阳县明清时期古迹主要有：

古城邑有颛顼城、昆吾城、戚城、五鹿城、德胜城等；古名山有洪洋山、金沙山、卫阳山等；古河流有古黄河、瓠子河、濮水、澶水等；古湖泊有澶渊、西湖、黑龙潭等。

古战场有商灭夏的"昆吾之战"、春秋楚晋的"城濮之战"、秦末项羽的"章邯之战"、宋辽的"澶渊之战"、五代晋梁的"德胜之战"、汉末的"濮阳之战"等。

著名古代历史人物有：颛顼、帝喾、张挥；孔子、柳下惠、子路、商鞅、吕不韦、吴起、李悝、张仪、孟轲；汲黯、京房、王彦章、吴隐之；杜暹、杜承志、晁迥、程颢、寇准、张田、宫天挺；王崇庆、赵廷瑞、王绖、董汉儒、纪著、侯英、史褒善；安九埏、常时泰、孙棨、马允刚、李符清等。

明朝时有明道书院、崇义书院、颜宗道书院。清朝时有明道书院、崇义书院、颜宗道书院、聚魁书院。

明、清时，开州（即濮阳）有著名八景，分别是：御井甘泉、洪洋积翠、清河渔唱、西湖秋水、长乐春容、龙湫烟雨、东寺晓钟与楚台夕照。

（一）疆域（全县面积）

明清时期，濮阳县被称为"开州"。疆域就是全州面积或称全县面积。

《开州志（嘉靖版）》曰："东望濮州，南望东明，西望滑台，北望清丰，广百五十里，袤百八十里。盖天雄之上游，河朔之名区云。"也就是说，开州的面积为6750平方千米。

《开州志（光绪版）》曰："州境东西广百五十里，南北袤百八十里。"《开州志（光绪版）》进一步曰："东至山东濮州六十里。东南至山东曹州百三十里。南至东明县九十里。西南至河南滑县九十里。迤西至长垣县百二十里。西至河南浚县九十里。西北至河南内黄县六十里。北至清丰县四十里。东北至山东观城县六十里。北至大名府城百三十里。北至保定省城八百八十里。东北至京师千二百三十里。”也就是说，开州的面积为6750平方千米。

（二）山冈丘岭陂

明清时期，开州的山、冈、丘、岭、陂等主要有：

1.山。洪洋山：在州东南义井里，距城凡五里。金沙山：在州城东门内迤北。卫阳山：在州东南二十里，居卫之阳。鸡鸣山：在州城内儒学北百步莲花池后。鲋鱼山：在州南十里。颛顼葬其阳，九女葬其阴，四蛇卫之。

2.冈。吕团冈：在州东南李村里主簿村东。龙泉冈：在州清河北岸。望河冈：在州清河里十字街北，高可二丈许。杏花冈：在州清河西北岸堤口，高约两丈，上可坐三百人。翠花冈：在州城南三里。郭威冈：在州南澶陂中。李家冈：在州南澶陂中。

3.丘。帝丘：在州东。瑕丘：在州南义井，距城二十里，高三丈。铁丘：在州北王合里，距城十里。旄丘：在州西南。卫《诗》："旄丘之葛兮，何诞之节兮"是也。清丘：在州东南长乐里，距城七十里。延丘：在州东南文堽里，距城四十里。

4.岭、陂。遮羞岭：在州东郭里颛顼城之东，距州二十五里许。岭子头：在州城东东郭里。土垒头：在州西南二十里。胡柳陂：在州东南。

（三）河水湖沟潭

1.河、渊、水。黄河故道：又称古黄河，在州南秦台，距城一百二十里。今谚称响子口云。瓠子河：在州西新惠里，距城二十五里。汉武帝元光元年（前134年），筑宫其上曰“宣防”，有武帝瓠子歌。硝河：在州西郭里火烧店之西，南北长数里，距城四十里。清河：在州东一十里，澄碧汪洋，终岁不竭。洪河：在州南。漆河：在州南，刁城庄岔河头南一里许。魏河：在州东，即瓠子下游也。白沟河：在州南，宽约三四里。仓马河：在州东南七十里。淇河：经浚县流经开州境内，今干涸。澶渊：即澶水，又名繁污、繁渊，在州之南。春秋襄公二十年，盟于澶渊是也。濮水：在州东南孟里，距城六十里。旧志以为庄子垂钓，楚使人往问之处。

2.湖、沟、泉、潭。西湖：在州治西南，空洞可泛。南湖：在州城东南得胜里堤下，距城五里。莲花池：在州城内儒学后。百尺沟。寒泉：在州南。《诗经·卫风》：“爰有寒泉，在浚之下。”黑龙潭：在州西南。莲花潭：在黑龙潭南三里，方五六顷，每秋水泛溢，则二潭相通。

（四）亭台楼阁坊

1.亭、台、楼、阁。瑶碧亭：在州治西南。盖五代时建，今废。有桐庐喻涉诗。长乐亭：在州长乐里曹家庄。相传颛顼避暑亭。遮害亭：在州顿丘县，今不知其处。仰山亭：在州治南。临河亭：在州境内。疗鹤亭：在州署内。观凫亭：在州治杏花冈。赏莲亭。喜雨亭：位置不详。霸王台：在州东南，距城四十里。秦围赵，楚怀王遣宋义、项羽救赵，驻军，于是筑台。楚王台：即霸王台。新台：在州新惠里，《诗》曰所谓“新台”是也。重华台：在州南，今失其处。烽火台：在州东南澶、濮之间，濒河远近皆有土台连络相望。昆吾台：在颛顼城内，周回五十步，高二丈。爱景台：宋何承矩于澶州北筑，植蓼花，日至，有诗数十首，刻石以诏。披云楼：在州治后，宋真宗幸澶渊时建。金大安初，刺史裴满公正谓其名尊大，改瑞庆楼。濮阳楼：在开州治内。一说，汉乾祐中，移州南三里得胜寨。另一说，北宋改澶州为开德府时置此。魁星楼：在州学宫东偏。奎星阁：在西文昌宫前，知州李符清建。文昌阁：在州吕邱店，明万历四十七年建。玉皇阁：在州治北街。

2.宫、园、宅、堆、店。龙渊宫：在州西别驾里，距城八里。宣防宫：在州西南瓠子堤上。文昌宫：一个在城内东南隅，一个在州署西南。兆园：在州西湖旁。潜龙宅：在旧澶州城后。唐明宗微时所居，今废。柳下堆：在州南八公桥四里许。韩信堆：在州南，相传为韩信战项羽所筑。大贤店：在州北三十五里。御店：在澶州故城内，乃宋太祖、太宗微时邸舍，徽宗时改潜德观。

3.牌坊。明朝时期，开州境内共有80多座牌坊，分布在州城的东西南北等街道巷里。例如州治大街东的牌坊主要有：四牌楼坊、进士方伯坊、攀龙坊、跃龙坊、进士坊、昂霄坊、耀第坊、庚戌进士坊、科第名家坊、附凤坊、戊辰进士坊、地官宪台坊、孝廉坊、辛未进士坊、绣衣坊、敕封御史坊、峻节清风坊、亚魁坊等。清朝时期，开州境内共有150多座牌坊，分布在州城的东西南北等街道巷里。例如州治大街南的牌坊主要有：司谏坊、柱史坊、大廉访坊、鹏程坊、乙丑进士坊、冬官坊、特诏崇阶坊、两曹清采坊、戊辰进士坊、持宪两藩坊、敕赠吏部主事坊、庚辰进士坊、都谏坊、银台坊、阿卿坊、中丞坊、大司马坊、敕封给事中坊、壬辰进士坊、聚魁坊、庆施孙枝坊、抚绥全楚坊、节制三陲坊、孝行坊等。

（五）城井堤桥墓

1.城、寨。颛顼城：在周东郭里，去州二十里，所谓帝丘者。皇城：在故州治后。宋景德初，真宗驻跸于此，因筑焉。澶渊故城：又叫澶水故城，在州南义井里，距城五里，俗呼澶州坡。戚城：在州北王合里，距城七里。《春秋》：文公元年公孙敖会晋侯于戚。德清城：在州北五十里陵家店。五鹿城：在州南三十里。鲁伐卫取五鹿，即此。密城：在州东南七十里。唐李密故城，按密据黎阳，则澶地近浚，或其别城也乎。鄄城：在州东鄄城乡，距城七十里。《春秋》：庄公十四年，单伯会齐侯、宋公、卫侯、郑伯于鄄，即此。咸城：在州东南孟里，距城六十里。《春秋》：僖公十三年，公会齐侯、宋公、陈侯、郑伯、许男、曹伯于咸。濮阳故城：在州治前之西南隅，为州之附郭。浚城：在州南。干城：在州北。咸城：在州东南六十里。须城：在州东三十里。昌胡城：在州东北岳村里，今为昌胡村。临河故城：在州东迤北三十里。十八郎寨：即十八郎里。相传元设千户，屯兵于诸寨，因名。

2.屋、社、井、堤。瓦屋：春秋盟地，在东郡，今州城西南有瓦屋头。录士望社：在州东南六十里。御井：在州治南百步许。泉源洞：在州北。金堤：在州南一百五十里。西接黄陵冈东小张家湾，黄河分派决溢之地。宋堤：在州南一里。宋熙宁年间，河决澶渊，程明道倅州卷埽以塞，东西两岸高三丈。复关堤：在澶州临河县，自黎阳下人清丰县界。鲧堤：在州西，距城十里。尧命鲧治水筑，乃古传云。瓠子堤：略。南堤：略。北堤：略。夹堤：在州南十五里。韩村堤：在州东七十里。司马堤：在州东南。

3.桥梁。石川桥：在州迎春门外。明知州张衰立，有王崇庆碑。浮翠桥：在州洪洋山南，距城五里。明弘治年间，知州王莹重修。南砖桥：在州朝阳门外。北石桥：在拱北门外。南溪桥：在州东南汉河头，距城八十里。西门桥：在州西门外，义民冯永升重修。兰溪桥：在州东南汉河头，距城八十余里。唐清河桥：在州张家旧寨东。双石桥：在州王家庄西。广惠桥：在州魏家庄西，嘉庆三年修。平济桥：在州黄滨庄南一里，明王合、黄滨二庄公建，嘉庆六年重修。广济桥：在州习城庄曹家楼前，嘉庆八年创建。八公桥：在州南四十里，地系澶水支流处。

4.陵、墓。颛顼陵：在东郭里，高二丈，广数亩。有王崇庆赋。忠陵：在州南徐镇里。王彦章效忠，战死于此。卫康叔墓。闵损墓：在州南百里，地名损城，冢如覆厦。相传子骞墓，居民立祠绘像共奉祀焉。子路冢：在州北王合里，戚城之东。展禽墓：在州东南柳村里之曹家庄，午星镇有阎禹锡诗及王崇庆赋。展雄墓：在州东南展丘里，距城六十里。汲黯墓：在州西南开、滑二地之间，距城六十里。杨棣冢：在州城东门里，与官贤祠相对，即金沙山。蒯聩墓：在州王合里，邻戚，冢形圆锐。五女冢：在州颛顼陵北二里余，有冢五，东西而列，颛顼嫔妃所葬也。杜钦墓：在南门外迤西，距城二里许。此外，还有柳下惠墓、段干木墓、楼敬墓、吴隐之墓、石守信墓、八都三尚书之墓等。

（六）庙寺观祠坛

1.庙。文庙：在州儒学内东。元大德九年，濮阳尹张祯创建。城隍庙：在州同文坊。明洪武六年同知冯朝泰建。颛顼庙：在州东郭里，唐太和四年立，宋乾德六年重修。虞舜庙：在州东郭里南五里许，土民立庙旧矣，俗称舞王庙云。灵津庙：在州西南八里。东岳庙：在州治东南，今改明道书院。龙王庙：一说在州清河北冈之上；一说在州南下堤。黄龙潭大王庙：在城西南三义庄黄龙潭。黑龙潭大王庙：在城西南焦二寨集，明万历间知州张之淳重修。金龙四大王庙：在城西南十五里土垒头村，明永乐年间创建。八蜡庙：在州学宫东。火神庙：在州署后。马神庙：一说在州署西，一说在州太仆分司东。疙瘩犹立庙：在郡城北，距州二十五里，俗称疙瘩庙。元帝庙：一说在州井店镇北，一说在州栾村庄刘炉堂。真武庙：在州吕邱店。

2.寺、观。清朝开州寺观有40多个。列举一二：太平兴国寺：

在州治东。延昌寺：在州东南小濮村。云峰寺：在州古定镇，又名延寿寺。上元寺：在州道期庄。兴福寺：在州南五十里还城村。青龙寺：在州南大韩村，距城七十里。洪福寺：在州新店，距城数里。龙泉寺：在州清河店北冈上，明弘治中重修。清凉寺：在州郭村，距城十里。狮子寺：在州东牙屯，宋太平兴国中建。弥陀寺：在州北白仓店。佛圣寺：在城西南丁家寨。华严寺：在州西南大桑树村，距城三十五里。明洪武中建，万历、崇祯间屡经修缮，肖书董汉儒作记。

3.祠、坛。忠烈公祠：在州由义坊，明洪武三年立，有知州王景彰碑。乡贤祠：在州泮宫东，明弘治四年，知州胡景立。土神祠：在州治仪门之东。阿木律大官人祠：在州由义坊废。名宦乡贤祠：在州泮宫东，明正德十二年，同知潘埸增修。贞烈祠：在州名官乡贤祠东，潘埙立。周卫公仲子路祠：在州北戚城，知州张寰增修，有王崇庆碑。云长祠：在州柳家屯东张郭里，距城六十里，庙建于金明昌元年。土地祠：在州署仪门之东。东岳行祠：在州西（南）吕邱店。太山祠：在城西聂村。柳下惠祠：在州东北柳下屯。寇莱公祠：在州得胜门内。程明道祠：在州兴国寺西，有遗井。郭忠烈公祠：在州由义坊。节烈祠：在州文庙东北。五公祠：在州南门外。张公祠：在州南门外瓷城，祀知州张之厚。赵公祠：在州南门外大堤口，祀知州赵琦。李公祠：在州北门外，祀郡司理李一鸦。杨公祠：在州治北大街，祀兵宪杨镜棍。社稷坛：在州拱北门外迤西，知州夏国孝修。风云山川坛：在州朝阳门外，距城一里。郡厉坛：在州拱北门外，明洪武八年立，弘治十八年，知州谭绶重修。

四、编选说明：诗词歌赋、选取标准与文献资料

（一）诗词歌赋的编选

本书所选内容主要包括诗、词、歌、赋等几个方面。

所谓“诗”进一步可分为古体诗与近体诗。古体诗对字数、押韵与对仗等要求不是十分严格，被称为非格律诗。按照字数多少可分为：四言古诗、五言古诗、六言古诗、七言古诗、杂言诗等几种。近体诗是一种格律诗，对字数、押韵与对仗等有严格的要求，包括律诗、绝句、排律、长律。按照字数多少可分为：五言律诗、七言律诗、五言排律、七言排律、五言绝句、七言绝句等几种。

本书所选既有古体诗，也有近体诗。应当注意的是：“四言古诗、五言古诗、六言古诗、七言古诗”一般简称为：四古、五古、六古、七古。“五言律诗、七言律诗、五言排律、七言排律、五言绝句、七言绝句”一般简称为：五律、七律、五排律、七排律、五绝、七绝。

所谓“词”则是诗歌的另一种形式，属于诗的一种韵文形式。词起于唐代，盛于宋代，由五言诗、七言诗或是民间歌谣发展而成。词牌是词的调子的名称，句子长短不一。词的种类一般为小令（58字内）、中调（59-90字）、大调（91字以上），大调亦称长调。词的结构一般分上下两阕。

（二）诗人的选取依据与标准

本书主要选取濮阳县本籍、客籍及其相关的所有人撰写的诗词歌赋。既包括一般人物，也包括社会贤达；既包括诗人，也包括文学家；既包括政治家，也包括军事家。

濮阳县籍贯取广义，包括：本籍濮阳县人；客籍濮阳县人；寄居濮阳县人；其他相关方面。进一步而言就是：一是在濮阳县出生的；二是后来移居（寓居）濮阳县的；三是曾经在濮阳县工作、任职的；四是曾经在濮阳县学习与生活的；五是路过、经过濮阳县的有关人士。

本书编写“诗词歌赋”的内容包括：山水田园、风土人情、亭台楼阁、风景名胜、名人贤达；政治军事、治国方略、历史事件、经济发展、文化源头、文物古迹等。

（三）文献参考资料的选用

本书写作过程中参考借鉴了古今相关的各类文献资料，主要有：

一是明代县志。《开州志（嘉靖本）》影印本、《开州志（嘉靖版）》（濮阳地方历史志办公室校注）。

二是清代县志。《开州志（光绪本）》影印本、《开州志（光绪版）》（濮阳市《文化旅游丛书》编委会）。

三是当代县志。《濮阳市志（1—6）》（濮阳市地方志编纂委员会编）、《濮阳县志（1980—2000）》（濮阳县地方志编纂委员会编）、《濮阳市教育志》（濮阳市教育委员会编）、《濮阳市区志》（濮阳市区史志办公室编）。

四是诗词歌赋集。历代诗词歌赋全集、历代诗词歌赋选集。《全唐诗》《全宋诗》《唐诗三百首》《宋词三百首》《明诗三百首》《清词三百首》等。

五是诗词词典。《唐诗鉴赏辞典》《宋词鉴赏辞典》《元明清诗词鉴赏辞典》《中国诗学大辞典》、《宋代文化史大辞典》、《中国文学大辞典》。

六是其他文献资料。

五、本书编写的体例结构

本书名称为《濮阳古代诗词三百首》，需要说明的是：（1）本书的“古代”，主要是指1911年以前。换言之，主要是指春秋战国、秦汉两晋、隋唐五代、宋辽金元、明朝、清朝等时代。（2）本书的“三百首”，是一种概说、一种虚数，并非实数“三百首”，乃借用“唐诗三百首”的写作编排方法。初步统计，本书共选诗人150多位，选编诗词歌赋320多首。

本书包括诗、词、歌、赋等几个方面。需要强调的是：本书编选以“诗”为主，同时兼选部分“词、歌、赋”，由此尽可能地构建比较全面的濮阳古代诗词歌赋体系。

本书体例结构共由9卷构成。9卷分别是：第一卷春秋战国、第二卷秦汉两晋、第三卷隋唐五代、第四卷宋辽金元（上卷）、第五卷宋辽金元（下卷）、第六卷明朝诗词（上卷）、第七卷明朝诗词（下卷）、第八卷清朝诗词（上卷）、第九卷清朝诗词（下卷）。

前言：濮阳——中华传统文化重要发祥地之一。

第一卷春秋战国，共选7位诗人。分别是：孔子1首、许穆夫人3首、佚名诗人5首。

第二卷秦汉两晋，共选6位诗人。分别是：刘彻2首、翟义门人2首、阮籍1首、成公绥诗赋8首、吴隐之1首、张正见1首。

第三卷隋唐五代，共选16位诗人。分别是：骆宾王1首、司马贞1首、高适2首、王维1首、岑参1首、柳宗元1首、吴武陵3首、吴筠1首、李德裕2首、吴士矩1首、喻陟1首、濮阳女1首、崔渥1首、李端1首、利踪3首、萧颖士1首。

第四卷宋辽金元（上卷），共选34位诗人。分别是：宋真宗·赵恒1首、范仲淹1首、司马光3首、王安石3首、王圭1首、苏轼2首、苏辙3首、黄庭坚1首、王十朋1首、宋祁3首、赵抃（biàn）1首、祖无择1首、刘敞1首、沈遘1首、晁补之1首、陈师道2首、张耒1首、晁说之1首、葛胜仲1首、吕本中1首、张元干1首、张田1首、卢襄2首、李复1首、刘克庄2首、李师圣1首、田稹1首、王逵4首、晁谦之2首、李复圭2首、刘攽（bān）1首、张焘·词二首、李纲·词一首、刘跂·赋一首。

第五卷宋辽金元（下卷），共选15位诗人。分别是：高德裔2首、耶律楚材2首、杨云鹏1首、胡长孺1首、胡奎1首、韦平1

首、王继善2首、郭昂1首、杨维桢1首、张宪1首、卢寿2首、伯颜宗道1首、忠公俨1首、赵汸（fāng）1首、张以宁1首。

第六卷明朝诗词（上卷），共选49位诗人。分别是：王崇庆10首、阎禹锡1首、蔡澄1首、俞善1首、刘矩2首、甘泽1首、王莹1首、刘玉1首、王纶1首、杜琮1首、王野3首、钱宏1首、桑溥2首、邵世纪1首、陈忠翰1首、苏濂1首、苏潢1首、史褒善2首、魏允贞1首、邱东昌1首、阎尔梅1首、郑学醇1首、李梦阳1首、郑善夫1首、王世贞3首、王溱（qín）5首、杨继盛3首、皇甫汸3首、孙继皋1首、徐溥1首、梁有誉1首、胡俨1首、李东阳1首、陆深1首、高叔嗣1首、李攀龙1首、徐孟章1首、于慎行1首、宋登春1首、庄昶1首、欧大任1首、王恭1首、王弘诲1首、黎民表1首、苏祐·歌词二首、王世贞·歌一首、王崇庆·赋二首、赵廷瑞·赋一首、王綖（yán）·赋一首。

第七卷明朝诗词（下卷），共选18位诗人。本卷濮阳“郡景八首”，每位诗人的诗作既可以看作是“八首”诗，也可以看作是“一首组诗”。濮阳（开州）八景分别是：其一御井甘泉，其二洪洋积翠，其三清河渔唱，其四西湖秋水，其五长乐春容，其六龙湫烟雨，其七东寺晓钟，其八楚台夕照。18位诗人分别是：1.尚书王崇庆：郡景原唱八首（七绝）；2.副史杨彝：郡景八首（七绝）；3.郡守张寰：郡景八首（七绝）；4.郡守孙巨鲸：郡景八首（七绝）；5.郡判施一德：郡景八首（七绝）；6.学正冯琥：郡景八首（七绝）；7.训导任钟：郡景八首（七绝）；8 运使薛鏊（qiāo）：郡景八首（七绝）；9.郡人刘守达：郡景八首（七绝）；10.郡人张锜：郡景八首（七绝）；11.郡人程万殊：郡景八首（七绝）；12.郡人冯延龄：郡景八首（七绝）；13.郡人刘玳：郡景八首（七绝）；14.郡人吴汝砺：郡景八首（七绝）；15.郡人孙如筠：郡景八首（七绝）；16.郡人孙国：郡景八首（七绝）；17.郡人刘绅：郡景八首（七绝）；18.郡判李仁：郡景八首（五言排律）。

第八卷清朝诗词（上卷），共选24位诗人。分别是：张晋5首、袁枚1首、严遂成1首、史密1首、孙星衍1首、成光1首、洪亮吉1首、严勋1首、全祖望1首、吴兆麟1首、曾广钧1首、常时泰1首、孙棨（qǐ）3首、张同堂3首、曹寅1首、刘光照1首、张燕彤1首、何远1首、叶方蔼1首、朱彝尊1首、龚自珍1首、安九埏（yán）1首、李符清10首、马允刚13首。

第九卷清朝诗词（下卷），共选15位诗人。分别是：（1）孙棨“五贤诗五首”。（2）马允刚“谒名人墓六首”。（3）李符清“游瑕邱七首”。（4）查彬“澶渊杂咏二十四首（七绝）”。（5）诗人吟濮阳历史名人五首：严遂成1首、姚鼐（nài）1首、方澍1首、冯云鹏1首、李慈铭1首。（6）诗人吟桑间濮上六首：毛奇龄1首、元龙1首、戴亨1首、曹铭彝1首、王元铸1首、钱陆灿1首。

编写濮阳“古典诗词歌赋”是一项“功在当代、利在千秋”的事业。值得说明的是：近年来，濮阳市委市政府、濮阳县委县政府等十分重视对濮阳传统文化的挖掘、整理与传承工作，先后整理出版了《开州志（明·嘉靖版）》《开州志（清·光绪版）》、《清·开州志校注（光绪版）》《八都三尚书文献选编》等古典文献，取得了积极的成果与可观的社会效益。这些古典文献成为我们编辑撰写《濮阳古代诗词三百首》一书的主要来源、重要依据与基本遵循。正是因为有了这些古典文献，才使我们编写的可能性变成了编写的现实性。

本书在编撰、整理与提炼过程中，既参考借鉴了濮阳县明清时代相关地方志资料，也参考借鉴了全国性诗词歌赋的相关选集以及其他方面的诗词歌赋文献资料，由于时间仓促，引用文献资源未能一一注明，敬请原谅。加之研究水平所限，书中错误疏漏在所难免，恳请各类领导、专家、读者批评指正。

目　录

第三卷　隋唐五代

第四卷　宋辽金元（上卷）

第五卷　宋辽金元（下卷）

第六卷　明朝诗词（上卷）

第七卷　明朝诗词（下卷）

——开州郡景八首专题

第八卷　清朝诗词（上卷）

第九卷　清朝诗词(下卷)

第一卷

春秋战国

一、孔子

【作者简介】孔子(公元前551—前479),字仲尼。西周鲁国陬邑(今山东曲阜)人。著名的思想家、政治家、教育家,儒家学派的创始人。与弟子周游列国,居卫国(今河南濮阳一带)十年,讲学授徒,传播思想文化。卫国(今河南濮阳一带)被称为他的第二故乡。著有《论语》。

猗兰操(古琴曲)

【题序】孔子历聘诸侯,诸侯莫能任。自卫反鲁,过隐谷之中,见香兰独茂,喟然自伤不逢时,托辞于香兰,乃止车援琴鼓之云:引夫兰当为王者香,今乃独茂,与众草为伍,譬犹贤者不逢时,与鄙夫为伦也。

(原文)	(译文)
习习谷风,	山谷中的大风习习作响,
以阴以雨。	天空阴云下着凄冷小雨。
之子于归,	有一个人就要离开这里了,
远送于野。	人们将他远远的送到郊野。
何彼苍天,	苍天啊我的抱负在哪里?
不得其所。	为何没有我施展的土地。

逍遥九州， 无有定处。	徘徊行进在九州之间， 却找不到自己的家园。
世人暗蔽， 不知贤者。 年纪逝迈， 一身将老。	当世之人昏庸愚昧， 不能赏识这位贤才。 年华如水般渐渐逝去了， 他已经进入了老迈之年。

【**注释**】《猗（yī）兰操》：《猗兰操》又名《幽兰操》，古琴曲。《琴操》曰："《猗兰操》，孔子所作。"南朝释智匠编《古今乐录》曰："孔子自卫反鲁，见香兰而作此歌。"参见北宋·郭茂倩辑《乐府诗集》卷五十八琴曲歌辞二。猗：美好盛大。"操"是指琴曲名及演奏方法。暗蔽：愚昧蔽塞。逝迈：时光消逝。

二、许穆夫人

【作者简介】许穆夫人（公元前690—前610），春秋时卫国人。卫宣公之女，嫁许国穆公，称许穆夫人。许穆公，姜姓，许氏，讳新臣，为春秋诸侯国许国君主之一，公元前697年至公元前656年在位。许穆夫人乃古代著名爱国诗人，《诗经》收录其《泉水》《载驰》《竹竿》三首诗。

1 泉水（邶风）

【题序】《泉水》，卫女思归也。嫁于诸侯，父母终，思归宁而不得，故作是诗以自见也。

（原文）	（译文）
毖彼泉水，亦流于淇。 有怀于卫，靡日不思。 娈彼诸姬，聊与之谋。	那喷涌的泉水荡漾， 还能归入淇河流淌。 因为怀念卫国家乡， 没一天不陷入忧伤。 那亲切的姬姓亲人， 我暂且跟她们商量。
出宿于泲，饮饯于祢。 女子有行，远父母兄弟。	回家那晚要在济水边住宿， 就在祢沟摆设饯行的酒席。

问我诸姑，遂及伯姊。

明知女孩子学到为妇之道，
出嫁离开父母这也是常理。
先去问一问我的几位姑母，
回家的事还要找大姐商议。

出宿于干，饮饯于言。
载脂载舝，还车言迈。
遄臻于卫，不瑕有害。

要么当晚住宿在干山旁，
饯行宴在言山找个地方。
上足了车油再插紧键子，
试好了车辆就直奔故乡。
眨眼的工夫就到了卫国，
这样做不至于招来祸殃？

我思肥泉，兹之永叹。
思须与漕，我心悠悠。
驾言出游，以写我忧。

一想到肥泉流归淇水，
我的长叹就有增无休。
再想起那须城和漕邑，
我的忧伤更没有尽头。
驾着马车我出去遛遛，
也许能排遣我的忧愁。

【注释】毖（bì）：泉水涌出貌。淇：地名，淇河。娈（luán）：美好。泲（jǐ）：地名，济水。祢：地名，大祢沟。有行：出嫁。辖（xiá）：车轴上所嵌小棍。干：濮阳干城。言：地名。遄（chuán）：往来频繁。须：地名。

2 载驰（鄘风）

【题序】《载驰》，许穆夫人作也。闵其宗国颠覆，自伤不能救也。卫懿公为狄人所灭，国人分散，露于漕邑。许穆夫人闵卫之亡，伤许之小，力不能救，思归唁其兄，又义不得，故赋是诗也。

（原文）

载驰载驱，归唁卫侯。
驱马悠悠，言至于漕。
大夫跋涉，我心则忧。

既不我嘉，不能旋反。
视而不臧，我思不远。

既不我嘉，不能旋济。
视而不臧，我思不閟。

陟彼阿丘，言采其蝱。
女子善怀，亦各有行。
许人尤之，众稚且狂。

（译文）

奋力地抽打那狂奔的马，
他们代我回国慰问卫侯。
策马急奔在遥远的路上，
赶到漕邑传达我的问候。
大夫们辛苦地奔波跋涉，
我这里仍怀着忧伤哀愁。

想当初既不赞成我的主张，
到而今我不能回国去帮忙。
比起你们的意见难道不好？
我的思虑难道还不算久长？

想当初既不赞成我的主张，
到而今我不能渡河去帮忙。
比起你们的意见难道不好？
我的安排难道还不算深长？

登上那一面偏高的阿丘，
采集那贝母来解除忧愁。
女人总是那么多愁善感，
但也有各自不同的烦忧。
许国人抱怨我不该忧虑，
说我是幼稚疯狂的女流。

我行其野，芃芃其麦。
控于大邦，谁因谁极？
大夫君子，无我有尤。
百尔所思，不如我所之。

我走在那原野上一片空旷，
麦苗已长得一派蓬勃兴旺。
已经派人把灾难赴告大国，
不知道谁能依靠谁能相帮？
许国的大夫们和诸位君子，
你们不要再抱怨我的轻狂。
你们就是拿出千百种主意，
不如我到卫国亲自走一趟！。

【**注释**】漕：邑名，位于濮阳的白马坡，卫曾迁于此。閟（bì）：闭，深。蝱（méng）：贝母草。芃（péng）芃：草木茂盛。

3 竹竿（卫风）

【**题序**】《竹竿》，卫女思归也。适异国而不见答，思而能以礼者也。

（原文）

籊籊竹竿，以钓于淇。
岂不尔思？远莫致之。

泉源在左，淇水在右。
女子有行，远兄弟父母。

（译文）

细长的钓竿颤颤悠悠，
淇水边我拿它来钓鱼。
我怎么能够不思念你，
宽宽的河水我过不去。

你那里左面有肥泉，
你那里右边有淇河。
你已经懂得了为妇之道，

父母兄弟也将跟你远隔。

淇水在右，泉源在左。
巧笑之瑳，佩玉之傩。

你那里淇水在右，
你那里肥泉在左。
你妖媚的笑靥洁白的牙齿，
佩玉叮叮身段是那么婀娜。

淇水滺滺，桧楫松舟。
驾言出游，以写我忧。

淇河的水悠悠地东流，
岸边有桧木浆的松舟。
乘着它在河面上漂流，
来消除我心中的忧愁。

【注释】籊（tì）籊：竹细长貌。瑳（cuō）：笑而齿貌。傩（nuó）：行步有态。滺滺（yōu）：水流貌。桧（guì）：桧木。

三、佚名诗人五首

1 击鼓（邶风）

【题序】《击鼓》，怨州吁也。卫州吁用兵暴乱，使公孙文仲将，而平陈与宋。国人怨其勇而无礼也。

（原文）	（译文）
击鼓其镗，踊跃用兵。 土国城漕，我独南行。	军营里镗镗地敲打着军鼓， 腾挪击刺兵器不停地挥舞。 建筑漕城我们辛苦地担土， 我偏偏又选入南下的队伍。
从孙子仲，平陈与宋。 不我以归，忧心有忡。	跟随着大军的统帅孙子仲， 去平定陈国和宋国的纷争。 不让我跟同伴们一起回归， 我这颗忧闷的心日夜不宁。
爰居爰处？爰丧其马？ 于以求之？于林之下。	部队在一个地方驻扎， 在那里我丢失了战马。 我不知何处去找到它？ 它就在那一片树林下。

死生契阔，与子成说。
执子之手，与子偕老。

于嗟阔兮，不我活兮。
于嗟洵兮，不我信兮。

生死离合我永不变心，
这话我们当初已经约定。
我也曾紧握着你的双手，
我跟你走完今生的路程。
唉！如今我们只有离别！
这叫我从今往后没法活！
唉！我的话是真心诚意！
可让我怎么来兑现承诺！

【注释】镗：鼓声。爰：于是。契阔：生死离合。洵：诚实，确实。

2 凯风（邶风）

【题序】《凯风》，美孝子也。卫之淫风流行，虽有七子之母，犹不能安其室，故美七子能尽其孝道，以慰其母心，而成其志尔。

（原文）

凯风自南，吹彼棘心。
棘心夭夭，母氏劬劳。

凯风自南，吹彼棘薪。
母氏圣善，我无令人。

（译文）

暖风从南方轻轻吹来，
爱抚着棘树旺盛成阴。
它一天天地成长繁茂，
却累坏了慈祥的母亲。

暖风从南方轻轻吹来，
小棘树已经慢慢长成。
善良的母亲通情达理，
儿子们却没一个顶用。

原文	译文
爰有寒泉，在浚之下。 有子七人，母氏劳苦。	这里有一条捐涡寒泉， 滋润着浚城那片沃土。 我们一家有七个儿子， 慈爱的母亲还在受苦。
睍睆黄鸟，载好其音。 有子七人，莫慰母心。	鸣声啁啾可爱的黄鸟， 还能发出动听的声音。 我们一家有七个儿子， 不能安慰我慈母的心。

【注释】凯风：南风。寒泉：水名，在濮阳东南的浚城。中国古代往往以水喻女性，此当以寒泉喻母氏。

3 旄丘（邶风）

【题序】《旄丘》，责卫伯也。狄人迫逐黎侯，黎侯寓于卫。卫不能修方伯连率之职，黎之臣子，以责于卫也。

（原文）	（译文）
旄丘之葛兮，何诞之节兮。 叔兮伯兮，何多日也。	那旄丘上的葛藤啊， 已经爬得多么的长。 我那远行的情哥哥， 为何许久不回家乡？
何其处也，必有与也。 何其久也，必有以也。	他为何在外久留？ 必定是有了新人。 他为何在外许久？

必定是这个原因。

狐裘蒙戎，匪车不东。
叔兮伯兮，靡所与同。

你穿毛茸茸的狐裘出行，
一去再不见东归的踪影。
我那位远行的情哥哥啊，
凄凉的寒夜我无人陪同。

琐兮尾兮，流离之子。
叔兮伯兮，褎如充耳。

那圆转清亮的叫声啊，
美丽的小黄鹏在鸣春。
我那远行的情哥哥啊，
像塞住了耳朵不动心！

【注释】旄丘：古卫国地名，在澶州临河东（今河南濮阳西南）。蒙戎：毛蓬松貌。流离：黄鹏，黄留离。褎（yòu）如：盛服貌。

4 定之方中（鄘风）

【题序】《定之方中》，美卫文公也。卫为狄所灭，东徙渡河，野处漕邑，齐桓公攘戎狄而封之。文公徙居楚丘，始建城市而营宫室，得其时制，百姓说之，国家殷富焉。

（原文）

定之方中，作于楚宫。
揆之以日，作于楚室。
树之榛栗，椅桐梓漆，爰伐琴瑟。

（译文）

当营室星出现在南天正中，
在楚丘兴建宗庙开始动工。
以日影测定了正确的方向，
开始打好宫室地基的工程。
在周围种植了榛树和栗树，

还有梓树漆树椅树和梧桐，
做琴瑟这可是木料的正宗。

升彼虚矣，以望楚矣。
望楚与堂，景山与京。
降观于桑，卜云其吉，终焉允臧。

登上那高高的丘顶，
远望这楚丘的地形。
看到了楚丘和堂邑，
仰望那连绵的山峰，
下山后考察了桑中。
占卜的结果也吉利，
肯定有美好的前程。

灵雨既零，命彼倌人。
星言夙驾，说于桑田。
匪直也人，秉心塞渊，騋牝三千。

好雨徐徐地刚刚下完，
立刻命令管车的小官：
满天星斗要早早驾车，
一路加鞭停歇在桑田。
他是多么正直的人啊，
心地诚实谋虑又深远，
大马种马要养到三千。

【注释】定：星名，即“营室”，二十八宿之一。揆：测度。允臧：确实好。騋牝（lái pìn）：泛指马。

5 木瓜（卫风）

【题序】《木瓜》，美齐桓公也。卫国有狄人之败，出处于漕，齐桓公救而封之，遗之车马器服焉。卫人思之，欲厚报之，而作是诗也。

(原文)

投我以木瓜，报之以琼琚。
匪报也，永以为好也！

投我以木桃，报之以琼瑶。
匪报也，永以为好也！

投我以木李，报之以琼玖。
匪报也，永以为好也！

(译文)

她把木瓜赠送给我，
我回报她一块琼琚。
这不是一般的回报，
是永结情义的凭据。

她赠送我一枚木桃，
我回报她一块琼瑶。
这不是日常的回报，
是永结爱情的信号。

她投赠我一颗木李，
我把琼玖送她手中。
这不是平常的回报，
是永远相爱的凭证。

【注释】琼琚：美玉与佩玉。瑶：佩玉名。玖：佩玉名。

第二卷

秦汉两晋

一、汉武帝·刘彻

【作者简介】刘彻（公元前156—前87），即汉武帝，西汉沛县（今江苏沛县）人。杰出的政治家、军事家、战略家、诗人。其诗词有《瓠子歌》《天马歌》《悼李夫人赋》《秋风辞》等。

瓠子歌二首（古风）

（原文）

其一

瓠子决兮将奈何？

皓皓旰旰兮闾殚为河！

殚为河兮地不得宁，

功无已时兮吾山平。

吾山平兮钜野溢，

鱼沸郁兮柏冬日。

正道驰兮离常流，

（译文）

其一

黄河在瓠子河决口了啊，我们应该怎么去应对？

汹涌的河水汪洋浩大啊，乡村间巷都变成了河！

眼看到处都成了河啊，大地淹没不得安宁；

决口一直堵塞不住啊，山岭也将慢慢淤平。

远望山岭慢慢淤平了啊，那钜野泽仍是溢水泛滥；

都是鱼虾戏水的地方啊，季节又慢慢迫近了冬天。

大河的正道废弛了啊，河水横溢

蛟龙骋兮方远游。

归旧川兮神哉沛，

不封禅兮安知外！

为我谓河伯兮何不仁，

泛滥不止兮愁吾人？

啮桑浮兮淮泗满，

久不反兮水维缓。

其二

河汤汤兮激潺湲，

北渡污兮浚流难。

搴长茭兮沉美玉，

河伯许兮薪不属。

薪不属兮卫人罪，

烧萧条兮噫乎何以御水！

四处泛滥；

蛟龙驰骋肆意戏游啊，翻江倒海游向远方。

让河水回归故道灾害消除啊，那只能靠神灵的伟大力量；

现如今我如果不封禅巡视啊，又怎能知晓外边的伤心事！

请替我质问那水神河伯，为什么要这样狠心不仁？

河水长时间泛滥不止啊，愁煞急坏了我大汉君臣！

古邑啮桑都被浮漂起来了啊，浩荡洪水溢满了淮河泗水；

黄河很久时间都不回正道啊，水网河道毁损了无法畅流！

其二

黄河瓠子河水流湍急啊，激起了咆哮的浪涛；

河宽水急舟船往返难啊，疏浚顺流也很困难。

竹子芦苇编制长茭去堵塞啊，沉下白马和玉璧去祭祀河伯；

水神河伯答应收敛水势了啊，可是卫地柴薪却接续不上来。

卫地柴薪接续不上啊，这是卫地人的过错呀；

卫地柴草都烧光了啊，唉！用什么

	防御水患？
颓林竹兮楗石菑，	砍伐树木竹子堵塞河水决口，抛进石头鹅卵石堵塞河水决口；
宣房塞兮万福来。	决口堵住了宣房宫建成了啊，那万千的幸福也将会一涌而来。

【注释】1.瓠子歌：乃古风，参见《史记·河渠书》。《水经注·卷二十四》曰："瓠子河出东郡濮阳县北河。县北十里，即瓠河口也。"《瓠子歌》有三个版本。

2.瓠子：瓠子河。《开州志（嘉靖版）》曰："瓠子河：在州西新惠里，距城二十五里。"晧：明亮。旰（hàn）：盛大、盛茂。闾：里巷、邻里、闾里。殚（dān）：尽力、全部。吾山：即鱼山。钜野：古钜野泽。柏：通"迫"。旧川：河的故道。沛：盛大。啮桑：地名。水维：水流。

3.汤汤：水大急流。潺湲（chán yuán）：急流、流水。搴（qiān）：拔取。茭（jiāo）：用竹篾或芦苇编成的缆索。沉美玉：汉武帝沉入白马、玉璧以祭祀水神河伯。不属：供应不上。卫人：东郡（濮阳）人，原来为卫国故地。颓：毁坏、砍伐。竹：淇园竹林。楗（jiàn）：竹子材料。菑（zì）：插入、树立、垒砌。宣房：宣房宫，在瓠子堤上。《史记·河渠书》曰："卒塞瓠子，筑宫其上，名曰宣房宫。"

【延伸阅读1】

瓠子歌二首（《汉书》版本）

其一

瓠子决兮将奈何？浩浩洋洋，虑殚为河。
殚为河兮地不得宁，功无已时兮吾山平。

吾山平兮巨野溢，鱼弗郁兮柏冬日。
正道弛兮离常流，蛟龙骋兮放远游。
归旧川兮神哉沛，不封禅兮安知外！
皇谓河公兮何不仁，泛滥不止兮愁吾人！
啮桑浮兮淮、泗满，久不反兮水维缓。

其二

河汤汤兮激潺湲，北渡回兮迅流难。
搴长蒋兮湛美玉，河公许兮薪不属。
薪不属兮卫人罪，烧萧条兮噫乎何以御水！
隤林竹兮揵石菑，宣防塞兮万福来。

【延伸阅读2】

瓠子歌二首（《水经注》版本）

其一

瓠子决兮将奈何？浩浩洋洋，虑殚为河。
殚为河兮地不宁，功无已时兮吾山平。
吾山平兮巨野溢，鱼沸郁兮柏冬日。
正道弛兮离常流，蛟龙骋兮放远游。
归旧川兮神哉沛，不封禅兮安知外！
皇谓河公兮何不仁，泛滥不止兮愁吾人！
啮桑浮兮淮、泗满，久不返兮水维缓。

其二

河汤汤兮激潺湲，北渡回兮汛流难。
搴长茭兮湛美玉，河公许兮薪不属。
薪不属兮卫人罪，烧萧条兮噫乎何以御水！
隤竹林兮楗石菑，宣防塞兮万福来。

二、翟义门人

【作者简介】翟义门人，生平事迹不详。义讨王莽，不克，见害。门人歌以悲之。翟义（？—7年），字文仲，汝南上蔡（今河南新蔡）人。西汉大臣，丞相翟方进之子。少以父荫为郎，年二十出任南阳都尉，迁弘农太守。又迁东郡（今河南濮阳一带）太守，时物阜民丰，安居乐业。资料显示，平陵东有两首诗。

1 平陵东之一（乐府）

【题序】乐府解题曰："平陵东，汉翟义门人所作也。义为丞相方进少子，为东郡太守。以王莽篡汉，举兵诛之，不克而见害，门人作歌以怨之也。"

平陵东，松柏桐，
不知何人劫义公。
劫义公，在高堂下，
交钱百万两走马。
两走马，亦诚难，
顾见追吏心中恻。
心中恻，血出漉，
归告我家，卖黄犊。

【注释】漉（lù）：滤过，渗漉。黄犊（huáng dú）：小牛。唐·杜甫《百忧集行》："忆年十五心尚孩，健如黄犊走复来。"

2 平陵东之二（乐府）

平陵东，翟义死，
东海翻波冤莫洗。
新室已成，汉室已倾。
一朝北面谁为臣，
噫乎大义甘杀身。
欃枪光芒射天阙，
立发万指剑双折，
碧草丛丛一泓血。
汉家神灵杳涳濛，
欲排阊阖诉黈聪。
吁嗟平陵东，奚独死义公。

【注释】欃（chán）枪：彗星的别称。阊阖（chāng hé）：天门；宫门；朝廷。黈（tǒu）聪：皇帝的听闻。

三、阮　籍

【作者简介】阮籍（210—263），字嗣宗，三国魏陈留尉氏（今河南尉氏）人。历任尚书郎、散骑常侍、步兵校尉、封关内侯。世称阮步兵。擅长五言诗，又工文。与嵇康齐名，为“竹林七贤”之一。著有《阮步兵集》。

咏怀其十二（五古）

北里多奇舞，濮上有微音。
轻薄閒游子，俯仰乍浮沈。
捷径从狭路，僶俛趋荒淫。
焉见王子乔，乘云翔邓林。
独有延年术，可以慰我心。

【注释】濮上：古卫地，指濮水之滨。春秋时濮上以侈靡之乐闻名于世，男女亦多于此处幽会。《汉书·地理志下》：“卫地有桑间濮上之阻，男女亦亟聚会，声色生焉。”

四、成公绥

【作者简介】成公绥(231—273),字子安,西晋初东郡(今河南濮阳)人。少有俊才,博涉经传。雅善音律,词赋甚丽。荐之为太常,征博士,累迁中书郎。所作《天地赋》《啸赋》,皆为传世名篇。著有《成公子安集》。

1 中宫诗二首

其一(四言诗)

殷汤令妃,有莘之女。
仁教内修,度义以处。
清谧后宫,九嫔有序。
尹为媵臣,遂作元辅。

其二(五古)

天地不独立,造化由阴阳。
乾坤垂覆载,日月曜重光。
治国先家道,立教起闺房。
二妃济有虞,三母隆周王。
涂山兴大禹,有莘佐成汤。
齐晋霸诸侯,皆赖姬与姜。
关雎思贤妃,此言安可忘。

2 仙诗（五古）

盛年无几时，奄忽行欲老。
那得赤松子，从学度世道。
西入华阴山，求得神芝草。
珠玉犹戴土，何惜千金宝。
但愿寿无穷，与君长相保。

3 诗（五古）

洋洋熊耳流，巍巍伊阙山。
高冈碣崔嵬，双阜夹长川。
素石何磷磷，水禽浮翩翩。
远涉许颍路，顾思邈绵绵。
郁陶怀所亲，引领情缅然。

4 鸿雁赋（并序）

【题序】 余尝游乎河泽之间。是时鸿雁应节而群至，望川以奔集。夫鸿渐著羽仪之叹，《小雅》作于飞之歌，斯乃古人所以假象兴物，有取其美也。余又奇其应气而知时。故作斯赋：

辰火西流，秋风厉起，
轩翥鼓翼，抗志万里。
起寒门之北垠兮，集玄塞以安处，
宾弱水之阴岸兮，有沙漠之绝渚。
奔巫山之阳隅兮，彭泽之遐裔。

过云梦以娱游兮，投江湘而中憩。
昼顾眺以候远，夜警巡而相卫。
上挥翮于丹霞兮，下濯足于清泉。
经天地之遐极兮，乐和气之纯暖。

【注释】轩翥(xuān zhù)：飞举。汉·班固《典引》：“甘露宵零於丰草，三足轩翥於茂树。”翮(hé)：禽鸟羽毛中间的硬管。

5 琵琶赋

八音之用，诵于典艺，
箫韶九奏，物有容制。
惟此琵琶，兴自末世。
尔乃托巧班输，如意横施，
因形造美，洪杀得宜。
柄如翠虬之仰首，盘似灵龟之觜嘴，
临乐则齐州之丹桂，柱则梁山之象犀。
搀以玳瑁，格以瑶枝。
若夫盘图合灵，太极形也；
三材片合，两仪生也；
分柱列位，岁数成也；
回窗华表，日月星也。

【注释】翠虬(cuì qiú)：青龙的别称。

6 云赋

于是玄气仰散，归云四旋，
冰消瓦离，奕奕翩翩。
去则灭轨以无迹，来则幽暗以杳冥。
舒则弥纶覆四海，卷则消液入无形。
或狎猎鳞次，参差交错。
上捷业以梁倚，下垒危而相薄。
状巍嵬其不安，吁可畏而欲落。
或粲烂绮藻，若画若规。
繁缛成文，一续一离。
龙伸蠖屈，蜿蝉透迤。
连翩凤飞，虎转相随；
或绣文锦章，依微要妙。
绵邈凌虚，轻翔浮漂。

【注释】蠖屈（huò qū）：形容像尺蠖一样的屈曲之形。绵邈（mián miǎo）：辽远、长久。

7 大河赋

览百川之弘壮兮，莫尚美于黄河。
潜昆仑之峻极兮，出积石之嵯峨。
登龙门而南游兮，拂华阴与曲河。
凌砥柱而激湍兮，逾汭洛而扬波。
体委蛇于后土兮，配灵漠于穹苍。
贯中夏之几甸兮，经朔狄之遐荒。

历二周之北境兮，流三晋之南乡。
秦自西而启壤兮，齐据东而画疆。
殷徒涉而永固，卫迁济而遂强。
赵决流而却魏，嬴引沟而灭梁。
思先哲之攸叹，何水德之难量。

【注释】嵯峨（cuó é）：山势高峻。激湍（jī tuān）：急流。遐荒（xiá huāng）：边远荒僻之地。

五、吴隐之

【作者简介】吴隐之(？—414)，字处默，东晋末濮阳郡(今河南濮阳)人。名士，善于谈论，博涉文史，以儒雅显名。历任散骑常侍、著作郎、龙骧将军、广州刺史，领平越中郎将。生平事迹见《晋书·良吏·吴隐之传》。

酌贪泉赋诗(古风)

【题序】《晋书》曰："隆安中，以隐之为龙骧将军、广州刺史。未至州二十里，地名石门，有水曰贪泉，饮者怀无厌之欲。隐之至泉所酌而饮之，因赋此诗。及在州，清操逾厉。

古人云此水，一歃怀千金。
试使夷齐饮，终当不易心。

【注释】1.贪泉：广州城内有一清泉，名曰"贪泉"。2.夷：伯夷。3.齐：叔齐。古孤竹国君二子，被称为不贪无欲之君子。

六、张正见

【作者简介】张正见(？—约575)，字见赜，南朝·陈清河东武城(今河北省故城县)人。太清初，射策高第，除邵陵王国左常侍。元帝立，迁彭泽令。入陈，累迁通直散骑侍郎。好学有清才。著有《张散骑集》等。

公无渡河(五律)

金堤分锦缆，白马渡莲舟。
风严歌响绝，浪涌榜人愁。
棹折桃花水，帆横竹箭流。
何言沉璧处，千载偶阳侯。

【注释】金堤：在濮阳郡治所南一百五十里，始筑于汉代，自濮阳县西南入境，直延伸东北出界，至山东境。沉璧处：汉武帝率臣民士卒塞弧子决口，沉玉璧、白马处。阳侯：波水神。

第三卷

隋唐五代

一、骆宾王

【作者简介】骆宾王（638—685），字观光，唐婺州义乌（今浙江义乌）人。高宗咸亨年间，从军塞上。上元元年回京参选，历武功、长安主簿，擢侍御史。兼擅诗文，与王勃、杨炯、卢照邻齐名，并称“四杰”。有《骆宾王文集》十卷行世，《全唐诗》编其诗三卷。

晚渡黄河（五言排律）

千里寻归路，一苇乱平源。
通波连马颊，迸水急龙门。
照日荣光净，惊风瑞浪翻。
棹唱临风断，樵讴入听喧。
岸回秋霞落，潭深夕雾繁。
谁堪逝川上，日暮不归魂。

【注释】马颊：马颊河，源出濮阳城南关，经清丰、乐陵而入海。

二、司马贞

【作者简介】司马贞(679—732)，字子正，唐河内(今河南沁阳)人。史学家，唐玄宗开元中官至朝散大夫，宏文馆学士，主管编纂、撰述和起草诏令等。著《史记索隐》三十卷。

宣房在咏(四言诗)

【题序】太史公曰："甚哉，水之为利害也！余从负薪塞宣房，悲瓠子之诗而作《河渠书》。"读《河渠书》有感而发。

水患之害，自古而然。
禹疏沟洫，随山浚川。
爰洎后世，非无圣贤。
鸿沟既划，龙骨斯穿。
填阏攸垦，黎蒸有年。
宣房在咏，梁楚获全。

【注释】鸿沟：古渠名。阏(yū)：淤泥。黎蒸：黎民众民。宣房：宣房宫。梁楚：即商丘、淮泗等黄河瓠子决口所淹一带地方。

三、高 适

【作者简介】高适（704—765），字达夫，唐渤海蓨（今河北景县）人。历淮南、西川节度使，终散骑常侍，封渤海县侯。曾三度出塞，以边塞诗著称，与岑参齐名，并称“高岑”。有明人辑《高常侍集》传世，《全唐诗》编其诗四卷。

1 同群公登濮阳圣佛寺阁诗（五律）

落日登临处，悠然意不穷。
佛因初地识，人觉四天空。
来雁清霜后，孤帆远树中。
裴回伤寓目，萧索对寒风。

【注释】圣佛寺阁：寺院，位于濮阳郡濮阳县境内。

2 自淇涉黄河途中（五古）

茫茫浊河注，怀古临河滨。
禹功本豁达，汉迹方因循。
坎德昔滂沱，冯夷胡不仁。
激潏陵堤防，东郡多悲辛。
天子忽惊悼，从官皆负薪。
畚筑岂无谋，祈祷如有神。
宣房今安在，高岸空嶙峋。
我行倦风湍，辍棹将问津。
空传歌瓠子，感慨独愁人。

【注释】淇：淇河，淇水，在濮阳郡境内。潏（yù）：水涌出。畚（běn）：器具。宣房：宣房宫。瓠子：瓠子河。

四、王 维

【作者简介】王维（701—761），字摩诘，唐太原祁（今山西祁县）人，后其父迁家于蒲（今永济），遂为河东人。天宝末，为给事中。四十岁隐居蓝田辋川。精诗词，善书画，通音律。有《阳关曲》等名词。有《王维集》十卷今存，《全唐诗》编其诗四卷。

送崔濮阳兄季重前山兴（五古）

秋色有佳兴，况君池上闲。
悠悠西林下，自识门前山。
千里横黛色，数峰出云间。
嵯峨对秦国，合沓藏荆关。
残雨斜日照，夕岚飞鸟还。
故人今尚尔，叹息此颓颜。

【注释】崔季重，生卒年月不详，唐清河郡东武城（今河北故城）人，天宝十二年（753年）任濮阳太守。

五、岑 参

【作者简介】岑参（717—770），唐荆州江陵（今湖北江陵）人。唐玄宗天宝初进士。历任掌书记、安西北庭节度判官、嘉州刺史。工诗，多写边塞风光，与高适齐名，并称“高岑”。有集传世，《全唐诗》编其诗四卷。

题三会寺苍颉造字台（五绝）

野寺荒台晚，寒天古木悲。
空阶有鸟迹，犹似造书时。

【注释】造字台：濮阳郡濮阳县境内仓颉造字台（或造书台）。

六、柳宗元

【作者简介】柳宗元(773—819)，字子厚，唐河东解县(今山西解县)人，世称柳河东。德宗贞元年间进士。授集贤殿正字，调蓝田尉，拜监察御史里行。参与革新政治，贬永州司马。宪宗元和十年徙柳州刺史。著有《柳河东集》。

初秋夜坐赠吴武陵(古风)

稍稍雨侵竹，翻翻鹊惊丛。
美人隔湘浦，一夕生秋风。
积雾杳难极，沧波浩无穷。
相思岂云远，即席莫与同。
若人抱奇音，朱弦緪枯桐。
清商激西颢，泛滟凌长空。
自得本无作，天成谅非功。
希声閟大朴，聋俗何由聪。

【注释】吴武陵(？—834)，唐濮州濮阳(今河南濮阳)人。

七、吴武陵

【作者简介】吴武陵（？—834），原名吴侃，唐濮州濮阳（今河南濮阳）人。宪宗元和二年（807年）进士，次年坐事流永州，与柳宗元交友。历任直史馆、太学博士、忠州刺史、韶州刺史等。工诗文。有集。《全唐诗》存诗两首。

1 题路左佛堂（七绝）

雀儿来逐飏风高，下视鹰鹯意气豪。
自谓能生千里翼，黄昏依旧委蓬蒿。

2 龙虎山（七律）

龙虎山中紫翠烟，青精颜色四时妍。
桃枝惯见花成实，瀛岛宜闻海变田。
五斗米仙真有道，一神楼药岂无缘。
秋风吹绿茂陵草，的的黄金飞上天。

3 贡院楼北新栽小松（五言排律）

拂槛爱贞容，移根自远峰。
已曾经草没，终不任苔封。
叶少初陵雪，鳞生欲化龙。
乘春濯雨露，得地近垣墉。
逐吹香微动，含烟色渐浓。
时回日月照，为谢小山松。

八、吴筠

【作者简介】吴筠（？—773），字贞节，唐华州华阴（今陕西华阴）人。后被征召入京，度为道士，居嵩山。天宝中，玄宗诏至京，敕待诏瀚林。善为诗。著有《宗玄集》,《全唐诗》编诗一卷。

览古十四首·其十二（五古）

达者贵量力，至人尚知几。
京房洞幽赞，神奥咸发挥。
如何嫉元恶，不悟祸所归。
谋物闇谋己，谁言尔精微。

【注释】京房（公元前77—前37），西汉学者，本姓李，字君明，西汉东郡濮阳人。少从淄川杨何受《易》。武帝时，为太中大夫、齐郡太守。治《易》学，师从梁人焦延寿，详于灾异，开创了京氏易学。著有《京氏易传》三卷等。

九、李德裕

【作者简介】李德裕(787—850),字文饶。唐赞皇(今河北赞皇县)人,宰相李吉甫之子。少好学,以父荫补校书郎,累任要职。多著作,有《次柳氏旧闻》《会昌一品集》等集,《全唐诗》存诗一卷。

1 东郡怀古二首·其一王京兆(古风)

河水昔将决,冲波溢川浔。
峥嵘金堤下,喷薄风雷音。
投马灾未弭,为鱼叹方深。
惟公执圭璧,誓与身俱沈。
诚信不虚发,神明宜尔临。
湍流自此回,咫尺焉能侵。
逮我守东郡,悽然怀所钦。
虽非识君面,自谓知君心。
意气苟相合,神明无古今。
登城见遗庙,日夕空悲吟。

【注释】王京兆,生平事迹不详,东郡先哲,史载其曾有尽心尽力封堵黄河决口之事迹。圭璧:玉器。

2 东郡怀古二首·其二阳给事（古风）

宋氏远江左，豺狼满中州。
阳君守滑台，终古垂英猷。
数仞城既毁，万夫心莫留。
跳身入飞镞，免胄临霜矛。
毕命在旗下，僵尸横道周。
义风激河汴，壮气沦山丘。
嗟尔抱忠烈，古来谁与俦。
就烹感汉使，握节悲阳秋。
颜子缀清藻，铿然如磬璆。
徘徊望故垒，尚想精魂游。

【注释】阳给事，濮阳太守。英猷：英雄人物。璆（qiú）：美玉。

十、吴士矩

【作者简介】吴士矩，生卒年不详，字方之，唐濮州濮阳（今河南濮阳）人。宪宗元和至文宗开成年间，历任侍御史、主客员外郎、、同州刺史、江西观察使、秘书监、蔡州别驾。开成年间与刘禹锡、白居易有诗歌唱酬。生平见《新唐书》本传。《全唐诗》存诗一首。

饮后献时相（七绝）

一夕心期一种欢，
那知疏散负杯盘。
尊前数片朝云在，
不许冯公子细看。

【注释】原题注“士矩牧大郡，因时相论置军倅，献此”。

十一、喻陟

【作者简介】喻陟，生卒年不详，字明仲，唐睦州（今浙江淳安）人。持节数郡，政绩卓著。雅善散隶，又善长笛。每出按行，至山水佳处，马上临风，辄作数弄，风流潇洒。

瑶碧亭（五言排律）

澄瀛千万邈，新构压瀛堧。
倒影迷空色，浮光浃广筵。
雕甍铺玉翠，绮槛拂璇渊。
一座披薰吹，四窗留暝烟。
露团三岛夜，醉梦十洲仙。
日永消尘马，风和飏管弦。
沙鸥眼岸阻，云木背城颠。
隐约鳌勍足，寻常客比肩。
雨情寒食景，月好乍凉天。
雅叶芳春禊，聊晞曲水篇。
熙洽爰共乐，雩咏愧非贤。
独恨瓜期窘，姑来殢洒船。

【注释】瑶碧亭：在濮阳郡濮阳县治西南。堧（ruán）：水边空地。甍（méng）：栋梁屋脊。勍（qíng）：有力。禊（xì）：修禊。殢（tì）：滞留。

十二、佚名

【作者简介】佚名，作者生平事迹不详。

濮阳女（杂曲）

雁来书不至，
月照独眠房。
贱妾多愁思，
不堪秋夜长。

【注释】濮阳女：隋唐杂曲，参见《乐府诗集》。

十三、崔 渥

【作者简介】崔渥，生卒年月不详，唐望博陵安平（今河北安平）人。事迹《灯下闲谈》,《全唐诗》仅录两首。

和濮阳人登眺江亭赋长韵（七律）

闲步江亭驻客行，殿台高敞杜鹃声。
风生屈宋魂应散，雨过黄娥恨亦轻。
春笋乱穿阶藓缺，晚霞旁衬野花明。
翠华不返蒲关去，鸳鹭数行松韵清。

十四、李　端

【作者简介】李端（？—785），字正己，唐赵州（今河北赵县）人。登进士第，工诗。自校书郎移疾江南，授杭州司马。有诗集。

送濮阳录事赴忠州（七律）

成名不遂双旌远，主印还为一郡雄。
赤叶黄花随野岸，青山白水映江枫。
巴人夜语孤舟里，越鸟春啼万壑中。
闻说古书多未校，肯令才子久西东。

十五、利　踪

【作者简介】利踪（800—880），俗姓周，唐澶州（今河南濮阳）人。出家于幽州开元寺，后嗣南泉普愿，迁衢州贵溪山子湖岩。《景德传灯录》卷一〇有传。

临行颂三首

其一（五绝）

我闻过去佛，纵横尽丈夫。
示汝真归处，千江月影孤。

其二（五绝）

观音与文殊，示我常飞动。
吾今已归真，触处皆无用。

其三（七绝）

佛性本来无阻障，众生不识难归向。
若见如来成佛时，莫向世间求取相。

十六、萧颖士

【作者简介】萧颖士（717—759），字茂挺，号萧夫子。唐南兰陵（今江苏常州）人，开元二十三年举进士，对策第一。天宝初补秘书正字。劾免，留客濮阳，学者皆从授业。后历任集贤校理、资参广陵军事、史馆待制、参河南府写事、扬州功曹参军等。工文能诗，奖掖后进。文章与李华齐名，世称“萧李”。后人辑有《萧茂挺文集》一卷,《全唐诗》编其诗一卷。

登临河城赋（并序）

【题序】亡舅孝廉元君，才高位下，一命屈临河尉。寻遭风瘵，有加无瘳，忧悒迄逾一纪，故不复仕。而风标俊杰，文史清隽，则君所著另传详矣。舅於予有教授之恩，双辞片字，皆资训诱。既而谢策桂林，校书芸阁，道为知己遇，名为海内称，舅氏之力也。天宝元年秋八月，奉使求遗书於人间。越来月，届於临河之旧邑，览物增怀，泫然有赋。羊昙是日，独吟零落之篇；周翼终身，宁忘吐哺之爱？辞曰：

登孤城兮，见河水之漫漫。城有隍兮，水有澜。剡翻覆兮，无端。俯崇墉兮，心酸。心断绝兮，河之干。

借如卫伯怀恩，羊昙念昔，追北渚之曩饯，叹西州之忽觌，曾一顾而不忘。沉深仁于密戚，惟佩觿之弱岁，荷哲舅之矜怜。枉月旦之殊品，超等夷而独偏。过小必诫，善微必彰。备润身之黼藻，闻染翰之蹄筌。

岂期文嗣作者，价参时贤。谬昆墟而比玉，滥蓬岛而怀铅。匪舅其德焉尔，谅师资乎在焉。痛才高而位下，悲道悠而运促。甫一命于兹城，蹇无媒兮窘束，溯层飙而坠羽，凌永路而倾轴，惊晋竖之行深，哀秦良之莫赎（shú）。

昔自公而暇豫，陪作赋予兹楼。怀一纪于如昨，怆今晨而独游。俯萧条之邑里，对冷落之徂（cú）秋。旧馆凄其在目，长川逝而不留。徒临风而挥涕，孰知夫四望可以销忧者也。

【注释】临河城：即临河县城，隶属于澶州郡（或称濮州濮阳郡），位于州东北三十里。剡（yǎn）：起行貌。觌（dí）：相见。觿（xī）：锥子，饰物。黼（fǔ）：花纹。筌（quán）：竹器。

第四卷

宋辽金元

（上卷）

一、宋真宗·赵恒

【作者简介】赵恒即宋真宗(968—1022),太宗第三子。至道三年即位,庙号真宗,葬永定陵。见《宋史·真宗本纪》。有《御制集》三百卷,尚存《玉京集》六卷。今录诗二十二首。

迴銮诗(五言排律)

我为忧民切,戎车暂省方。
征旗明夏日,利器莹秋霜。
锐旅怀忠节,群胡窜北荒。
坚冰消巨浪,轻吹集嘉祥。
继好安边境,和同乐小康。
上天垂助顺,回旆跃龙骧。

【注释】《迴銮诗》为宋真宗“澶渊之盟”后所作,又名《契丹出境诗》《北征迴銮诗》。北宋景德元年(1004年)秋,宋真宗亲征澶州(今河南濮阳),军民振奋,大胜辽军,胜辽后订立“澶渊之盟”。宋真宗不胜欣喜,即赋《契丹出境诗》。夏日:有史书称为“爱日”。

二、范仲淹

【作者简介】范仲淹（989—1052），字希文，宋吴县（今江苏苏州）人。进士。仁宗朝仕至枢密副使、参知政事。曾主持“庆历新政”。皇祐四年，改知颍州。谥文正。著有《范文正公集》。《宋史》卷三一四有传。

尧庙（五律）

千古如天日，巍巍与善功。
禹终平洚水，舜亦致薰风。
江海生灵外，乾坤揖让中。
乡人不知此，箫鼓谢年丰。

【注释】尧庙：在州东南林谷里。

三、司马光

【作者简介】司马光(1019—1086),字君实,世称涑水先生。宋陕州夏县(今山西夏县)人。进士。北宋政治家、史学家、文学家。主编《资治通鉴》。著有《司马文正公集》《稽古录》。

1 和聂之美重游东郡(七绝)

南湖重过正逢春,官柳虽疏亦解新。
台榭倾欹宾友散,临风愁煞独游人。

2 再使河北留别东郡诗僚友二首(七绝)

其一

祖帐飘扬堤柳边,北来飞盖复连翩。
追随不忍轻言别,回首城楼没晚烟。

其二

空府同来闲大夫,短亭门外即长涂。
不辞烂醉樽前倒,明日此欢重得无。

四、王安石

【作者简介】王安石（1021—1086），字介甫，晚号半山。宋抚州（今江西抚州临川）人。封舒国公，改封荆国公。著名文学家、政治家、改革家。著有《王临川集》《临川先生歌曲》。《宋史》卷三二七有传。

1 澶州之一（七古）

去都二百四十里，河流中间两城峙。
南城草草不受兵，北城楼橹如边城。
城中老人为予语，契丹此地经钞虏。
黄屋亲乘矢石间，胡马欲踏河冰渡。
天发一矢胡无酋，河冰亦破沙水流。
欢盟从此至今日，丞相莱公功第一。

2 澶州之二（七古）

津津河北流，嶭嶭两城峙。
春秋诸侯会，澶渊乃其地。
书留后世法，岂独讥当世。
野老岂知此，为予谈近事。
边关一失守，北望皆胡骑。

黄屋亲乘城，穹庐矢如猬。
纷纭擅将相，谁为开长利。
焦头收末功，尚足夸一是。
欢盟从此数，日月行人至。
驰迎传马单，走送牛车疲。
征求事供给，厮养犹珍丽。
戈甲久已销，澶人益憔悴。
能将大事小，自合文王意。
语翁无叹嗟，小雅今不废。

3 读汉书（七绝）

京房刘向各称忠，诏狱当时迹自穷。
毕竟论心异恭显，不妨迷国略相同。

五、王　圭

【作者简介】王圭（1019—1085），字禹玉，宋成都华阳（今四川双流）人。进士。历任翰林学士、知开封府、参知政事、同中书门下平章事、集贤殿大学士、尚书左仆射兼门下侍郎等。尝监修《两朝国史》。卒谥文恭。著有《华阳集》。

送陆子履修撰出守澶渊（七律）

金门学士富才华，又拥双旌照水涯。
海日三竿随放仗，春风五马去如花。
帐兵夜握龙泉湿，舞女朝垂锦带斜。
君看有唐贤太守，风流常是属诗家。

六、苏轼

【作者简介】苏轼(1036—1101),字子瞻,号东坡居士。宋眉州眉山(今四川眉山)人。苏洵长子。著名文学家,“唐宋八大家”之一。著有《东坡七集》。

1 送欧阳辩监澶州酒(五古)

汗血驾鼓车,何从致千里。
纷纷糟曲间,欲试贤公子。
君家江南英,濯足沧浪水。
却渡旧黄河,涨沙埋马耳。
由来付造物,倚伏何穷已。
当念楚子文,三仕无愠喜。

2 河复并叙(七古)

【题序】熙宁十年秋,河决澶渊。注钜野,入淮泗,自澶魏以北,皆绝流而济。楚大被其害,彭门城下水二丈八尺,七十馀日不退。吏民疲于守御。十月十三日,澶州大风终日。既止,而河流一枝,已复故道,闻之喜甚,庶几可塞乎。乃作《河复》诗,歌之道路,以致民愿而迎神休,盖守土者之志也。

君不见西汉元光、元封间，河决瓠子二十年。
钜野东倾淮泗满，楚人恣食黄河鳣。
万里沙回封禅罢，初遣越巫沉白马。
河公未许人力穷，薪刍万计随流下。
吾君盛德如唐尧，百神受职河神骄。
帝遣风师下约束，北流夜起澶州桥。
东风吹冻收微渌，神功不用淇园竹。
楚人种麦满河淤，仰看浮槎栖古木。

【注释】鳣（zhān）：鳣鱼；黄鱼。浮槎（fú chá）：木筏，传说中来往于海上和天河之间的木筏。

七、苏辙

【作者简介】苏辙（1039—1112），字子由，号颍滨遗老。宋眉州眉山（今四川眉山）人。著名文学家。“唐宋八大家”之一，与父苏洵、兄苏轼合称“三苏”。著有《栾城集》《诗集传》《春秋集传》等。

1 故濮阳太守赠光禄大夫王君正路挽词二首（五律）

其一

落落承平佐，英英嗣世风。
芝兰托庭户，鸾鹄峙椅桐。
结客贤豪际，倾财缓急中。
悲伤闻故老，沦谢未衰翁。

其二

吴中试良守，濮上继嘉声。
平赋权家恨，蠲租盗俗清。
家贫久未葬，身去独留名。
天报多男子，终存好弟兄。

2 送欧阳辩监澶州酒（七古）

我年十九识君翁，须发白尽颧颊红。
奇姿云卷出翠阜，高论河决生清风。
我时少年岂知道，因缘父兄愿承教。
文章疏略未足云，举止猖狂空自笑。
公家多士如牛毛，扬眉抵掌气相高。
下客逡巡愧知己，流枿低昂随所遭。
却来京洛三十载，重到公家二君在。
伯亡仲逝无由追，泪落数行心破碎。
京城东西正十里，雨落泥深旱尘起。
衣冠缠绕类春蚕，一岁相从知有几。
去年叔为尚书郎，家传旧业行有望。
今年季作澶渊吏，米盐骚屑何当起。
前辈今无一二存，后来幸有风流似。
黄河西行淤没屋，桑柘如云麦禾熟。
年丰事少似宜君，饱读遗书心亦足。

八、黄庭坚

【作者简介】黄庭坚（1045—1105），字鲁直，号山谷道人、涪翁。宋洪州分宁（今江西修水）人。著名文学家、书法家。“苏门四学士”之一，江西诗派宗主，宋四大书家之一。著有《豫章集》《山谷词》。

临河道中（七言排律）

村南村北禾黍黄，穿林入坞岐路长。
据鞍梦归在亲侧，弟妹妇女笑两厢。
甥侄跳梁暮堂下，唯我小女始扶床。
屋头扑枣烂盈斗，嬉戏欢争挽衣裳。
觉来去家三百里，一园兔丝花气香，
可怜此物无根本，依草着木浪自芳。
风烟雨露非无力，年年结子飘路傍，
不如归种秋柏实，他日随我到冰霜。

【注释】临河：临河县，唐隶属于濮州濮阳郡，宋隶属于开德府。

九、王十朋

【作者简介】王十朋（1112—1171），字龟龄，宋浙江温州（今浙江乐清）人。诗文家、学者。状元。历官绍兴府佥判、侍讲、侍御史、知夔州、龙图阁学士等。著有《梅溪集》《东坡诗集注》等。

观国朝故事·其一（五律）

昔在景德初，胡虏犯中原。
朝廷用莱公，决策幸澶渊。
高琼虽武夫，能发忠义言。
咏诗退虏骑，用丑枢相颜。
銮舆至北城，断桥示不还。
一箭毙挞览，夜半却腥膻。
至仁不忍杀，和好垂百年。
伟哉澶渊功，天子能用贤。

【注释】澶渊：即公元1004年“澶渊之盟”。

十、宋祁

【作者简介】宋祁（998—1061），字子京，宋安州安陆（今湖北安陆）人。卒谥景文。进士。历知制诰、翰林学士。任史馆修撰，与欧阳修同修《新唐书》。著有《宋景文集》《益部方物略记》《笔记》等。

1 寄献澶渊太傅（七律）

使旆高翻西北云，舟梁横过九江湓。
文书吏乐轻车府，表帜人知大树军。
引溉劭农渠雨密，感凉邀会帐霞醺。
花门车子能歌地，乐职声诗日夕闻。

【注释】湓（pēn）：涌起；涌起的高浪。醺（xūn）：酒醉；熏染。

2 送澶渊李太傅（七律）

左契铜鱼照绶囊，上头车骑冠东方。
三交荐技中军戏，一割牛心右客尝。
烽静塞垣宵燧灭，桥横河曲暮虹长。
归来竞病喧笳鼓，不畏休文赋韵彊。

3 守澶渊（五律）

早夏乘休沐，离襟属饯壶。
欣同佩荷橐，恨及唱骊驹。
感恋陪云筑，翻飞别帝梧。
腾装照鱼服，行帐绕犀株。
惭去班中诏，宁容滞左符。
惟应九里润，蒙福在京都。

【注释】原题目为“早夏集公会亭饯金华道卿内翰守澶渊得符字”。橐（tuó）：口袋。骊驹（lí jū）：指纯黑色的马；亦泛指马。

十一、赵抃

【作者简介】赵抃(1008—1084),字阅道,号知非子,宋衢州西安(今浙江衢县)人。历任殿中侍御史、右司谏、河北都转运使、擢参知政事、太子少保等。谥清献。著有《清献集》十卷,《宋史》卷三一六有传。

赠濮阳高蒙处士(七绝)

事了还家不记年,
三茅俦侣尽真仙。
恰如少华希夷子,
十度花残一觉眠。

十二、祖无择

【作者简介】祖无择（1011—1084），字择之，宋蔡州上蔡（今河南上蔡）人。少学古文于穆修，又从孙明复受经学。历任知袁州、知制诰、龙图阁直学士、权知开封府、西京御史台等。工诗文。著有《龙学文集》。

寄澶州孙司理（七律）

明道二年同夏课，
四人两举尽登科。
孤寒惟子辛勤甚，
虚薄伊余忝窃多。
宦路驱驰今各自，
名场出处旧相过。
感今怀旧无憀赖，
不觉临风发浩歌。

十三、刘 敞

【作者简介】刘敞（1019—1068），字原父，宋临江军新喻（今江西新余）人。进士。历任吏部南曹、知制诰等。奉使契丹，熟知其山川地理，契丹人称服。学问博洽，长于《春秋》学。著有《春权权衡》《七经小传》《公是集》等。

过澶州阳桥有感（五律）

河水东赴海，还从天上回。
宁知今日波，还复前时来。
岸柳亦已荑，原田正莓莓。
念我平生欢，怅然使心哀。

十四、沈 遘

【作者简介】沈遘（1028—1067），字文通，宋杭州钱塘（今浙江杭州）人。仁宗皇祐元年进士。历任江宁府通判、知制诰、知杭州、知开封府、龙图阁直学士、翰林学士等。明于吏治，令行禁止。著有《西溪集》。

至澶州遇吴长文谒告归奉赠（七律）

万里风霜一病身，归来初喜渡河津。
举头已近长安日，洗眼先逢玉署人。
平昔每嫌疏馆舍，今兹暂许接车尘。
延英对后应多暇，东阁期谁共赏春。

十五、晁补之

【作者简介】晁补之（1053—1110），字无咎，号归来子。宋济州巨野（今山东巨野）人。进士。工书画、诗词，“苏门四学士”之一。著有《鸡肋集》《晁氏琴趣外编》。

赠送澶州监酒税刘铨殿直（七古）

顿丘淇水雄朔方，官收榷算资公藏。
晨朝百贩罗庭堂，望门逆鼻闻椒浆。
惜哉刘子气方刚，峨冠凛凛颀而扬。
丈夫有志固难量，短袖不足供倡佯。
黄河七月鸣浮梁，风埃瘦马景山长。
刘子何之魏北乡。
悲歌弹铗邀孟尝，冯驩一语惊齐王。
况如刘子足自强，读书满腹钳尔吭。
鄄城埋宝夜则光，士惟不用久乃彰。
不见将军家平阳，遭时有用名焜煌。

十六、陈师道

【作者简介】陈师道（1053—1102），字履常，号后山。宋彭城（今江苏徐州）人。历任徐州教授、太学博士、秘书省正字等。为人高介有节，安贫乐道。为江西诗派代表性诗人。著有《后山集》《后山谈丛》《后山诗话》等。

1 送澶州录曹宋参军（五律）

宦游男子事，访别故人情。
能吏于今少，春风及此行。
英雄馀战伐，犴狱寄廉平。
未肯轻衰疾，人来阙寄声。

2 寄题披云楼（七律）

使君高会答清秋，增饰披云作胜游。
九日再逢堪一笑，终朝百过更深忧。
落霞孤鹜知才尽，疏雨微云怯语遒。
宾主纵贤终少在，只今未可压黄楼。

【注释】披云楼：在澶州治所附近，今濮阳县城关镇粮管所内。宋真宗驾幸澶渊时，登临望契丹兵之处。

十七、张　耒

【作者简介】张耒（1054—1114），字文潜，号柯山。宋楚州淮阴（今江苏淮阴）人。进士。历任起居舍人、直龙图阁知润州、太常少卿、房州别驾等。工诗赋散文，为“苏门四学士”之一。著有《宛丘集》《明道杂志》《诗说》等。

听客话澶渊事（七古）

忆昔胡来动河朔，渡河饮马吹胡角。
澶渊城下冰载车，边风萧萧千里馀。
城上黄旗坐真主，夜遣六丁张猛弩。
雷惊电发一矢飞，横射胡酋贯车柱。
犬羊无踪大漠空，归来封禅告成功。
自是乾坤扶圣主，可能功业尽莱公。

十八、晁说之

【作者简介】晁说之（1059—1129），字以道，宋济州巨野（今山东巨野）人。晁端彦之子。神宗元丰五年进士。工诗，善画山水。博通五经，尤精于《易》。著有《儒言》《晁氏客语》《景迂生集》。

送韩七十赴澶渊旧任所为士掾（五律）

不乐予何甚，非关未策勋。
秋灯逢积雨，客泪送离群。
身事千年鹤，心期万里云。
烦君经废庙，呜咽当家文。

【注释】废庙：即澶渊旧庙。澶渊旧庙碑是晁说之高祖晁文元公奉敕所撰。

十九、葛胜仲

【作者简介】葛胜仲（1072—1144），字鲁卿，宋常州江阴（今江苏江阴）人。历任太常卿兼谕德、国子祭酒、知邓州等职。卒谥文康。著有《丹阳集》。

旬休延圣院纳凉周澶州招饮呈德升诗二首（七律）

其一

年来形迹苦西东，邂逅招提一笑同。
世事休论痴黠半，物情都在圣贤中。
地灵蒸郁疑无著，友胜喧嚣自不通。
借与方床宽六尺，道人知有竹间风。

其二

讲席朝来得暂停，蓝舆同入法王城。
清壶照座三棱莹，小扇摇风六角轻。
方罫共争棋上劫，顽盆更酌酒中兵。
佳宾更赖王思远，霜气能令暑气清。

二十、吕本中

【作者简介】吕本中（1084—1145），字居仁，人称东莱先生。宋寿州（今安徽寿州）人。进士。历任起居舍人、中书舍人兼侍讲、权直学士院等。工诗。著有《紫微诗话》《师友渊源录》《东莱先生诗集》等。

过澶渊（五律）

昔别是兹土，今游还偶然。
似闻尝少憩，犹自未真传。
所过有陈迹，相逢多少年。
长涂守病马，何敢更争先。

【注释】原题目为“顷与知止相别于曹州西门外盖，今十四年矣。闻尝自澶渊过此感叹”。

二十一、张元干

【作者简介】张元干（1091—约1175），字仲宗，宋福州长乐（今福建长乐）人。徽宗政和、宣和间，以词闻名。钦宗靖康元年，李纲任其亲征行营使，为属官。著有《归来集》《芦川居士词》。

次韵澶渊旧僚友（古风）

寒水绕近郭，栖鸦蔽高原。
映带幽人居，暝色起草根。
衡门东南开，浊河日夜奔。
所喜古堤月，初出烟江村。
不入城市久，懒访亡与存。
羡子了万事，坐以一气春。

【注释】原题目为“雒阳陈去非自符宝郎谪陈留酒官予时作丞澶渊旧僚友也有诗次韵”。

二十二、张　田

【作者简介】张田，字公载，宋澶渊郡澶州（今河南濮阳）人。进士。历任应天府司录、通判广信军、摄度支判官、知蕲州、知湖州、知桂州、知广州等。苏轼尝读其书，以侔古廉吏。《宋史》卷三三三有传。

龙隐岩（七律）

龙隐晦冥时莫考，龙骧拿攫迹堪惊。
孔明久卧养全德，老子忽飞归太清。
溪上一天常气胜，洞中六月自寒生。
至人不得无情处，甘泽年年洒百城。

二十三、卢 襄

【作者简介】卢襄，字赞元，宋衢州（今浙江衢州）人。进士。历任提点两浙东路刑狱、徽猷阁待制、知江宁府、显谟阁直学士、江东路提点刑狱、吏部侍郎等。著有《西征记》。

1 黄金堤（七律）

昆仑一线破苍崖，霹雳飞声趁地来。
炀帝截教淮水断，巨灵羞劈华山开。
桃花涨满通西洛，竹箭奔流逐吹台。
午夜月明杨柳岸，空馀风咽笛声哀。

【注释】黄金堤：泛指濮阳等沿线黄河金堤。

2 披云楼（七律）

危楼落日淡黄昏，每忆梅花江上村。
病久相逢春捃拾，愁多赖得酒温存。
才收雨脚鸩呼妇，渐拂檐牙桐长孙。
回首故园归未得，独扬短发傍篱根。

【注释】披云楼：在澶州治所附近，今濮阳县城关镇粮管所内。宋真宗架幸澶渊时，登临望契丹兵之处。

二十四、李 复

【作者简介】李复，字履中，宋京兆府长安（今陕西长安）人。进士。尝师张载。喜言兵事，工诗文。累官中大夫、集贤殿修撰。徽宗崇宁中，为熙河转运使。著有《潏水集》。

过澶州感事（古风）

孙村黄河决北流，北使年年过澶州。
澶州两城战格尽，七十余年废不修。
昔岁契丹倾国起，欲投马棰渡河水。
烽火夜夜照前殿，殿前群臣色如死。
心忧社稷输至忠，殿上只有寇相公。
默使敌计堕吾计，独屈黄屋亲临戎。
敌惊溃奔虎北门，从此愿讲兄弟亲。
平时危冠尽肉食，一旦仓猝方见人。

二十五、刘克庄

【作者简介】刘克庄(1187—1269),字潜夫,号后村居士。宋莆田(今福建莆田)人。词风散文化、议论化。著有《后村先生大全集》《后村别调》。

1 杂咏一百首·其七十七·京房(五绝)

元帝何曾谕,京生自此疏。
区区推卦气,欲撼石中书。

【注释】京房(前77—前37),西汉学者,本姓李,字君明,西汉东郡濮阳人。少从淄川杨何受《易》。武帝时,为太中大夫、齐郡太守。治《易》学,师从梁人焦延寿,详于灾异,开创了京氏易学。著有《京氏易传》三卷等。

2 元日七言二首·其一(七律)

久辞两禁归民伍,遥想群仙谒帝居。
少有人临雀罗者,未知谁饮兽樽欤。
向来不晓京房易,老去粗通氾胜书。
懊恼西畴春事动,渐难为国荷犁锄。

二十六、李师圣

【作者简介】李师圣，生卒年月不详，宋开德府濮阳（今河南濮阳）人，曾官知州。事见明镇澄《清凉山志》卷八。

游台感兴（古风）

梵书五顶清凉府，冬冰夏雪无炎暑。
我来七月秋正寒，何况萧萧岩谷雨。
偶尔云开煦气生，溶溶满目烟光聚。
真容古基鹫峰寺，高山之麓雄今古。
西方楼观缥缈间，粲然金碧莲华宇。
悬崖峻岭架大木，神物所持凭险阻。
金珰垂空殿檐响，森森铁凤相交舞。
忆昔文殊出火宅，金刚宝窟通真土。
牵牛老人饮玉泉，二子一犬随贫女。
变化无方利有情，知是西天七佛祖。
重闻清凉境界真，无穷陈迹书妙语。
我有诚心颇出群，瑞应神奇目亲睹。
须臾光相现咫尺，玉洞金灯明可数。
松影摇空山谷中，夜寂太阴隐龙虎。
丹楼碧阁香案前，敬畏生心谁敢侮。
从来昏迷如梦回，前三后三慎莫取。
我今不作前后想，香烟稽首清凉主。

二十七、田 稹

【作者简介】田稹，生卒年月不详，宋澶州（今河南濮阳），仁宗嘉祐年间人。事见清马大相《灵岩志》卷三。

题白鹤泉（五律）

相仪始融结，中有灵岩川。
佛现青莲相，山分白鹤泉。
澄清通舜井，湛洁滉尧天。
鞠氏留题后，菲才继此篇。

二十八、王　逵

【作者简介】王逵（991—1072），字仲达，宋澶渊郡澶州（今河南濮阳）人。真宗年间进士。历任广济军司理参军、工部郎中、刑部郎中、兵三部郎中，知万年县、江南西路转运按察使、淮南转运使等。有文集五十卷。

1 万山寺（五律）

众状皆穷险，兹形独擅方。
坦夷中砥砺，端正外青苍。
上帝围棋局，炎君避暑床。
回嗟太行路，更近利名场。

2 冲虚宫（五律）

修炼曾君些，传闻固异常。
坛留皂荚树，人去白云张。
龟得胎中息，神藏肘后方。
辽东鹤未返，华表夜苍苍。

3 上巳游东禅诗（五律）

紫陌破清晨，雕鞍映画轮。
因修洛阳禊，重忆永和春。
锦乡荀香度，楼台梵宇新。
忙中得闲暇，来见解空人。

4 嘲苗振（七律）

伯起雄豪世莫偕，官高禄重富于财。
田从汶上天生出，堂自明州地架来。
十只画船风破浪，两行红粉夜传杯。
自怜憔悴东邻叟，草舍茅檐真可咍。

【**注释**】苗振：生卒年月不详，宋熙宁初知明州，致仕归郓，自明州造一堂极华壮，载以归，或言郓州置田亦多机数而得。是时，王逵亦居郓，作诗嘲之云云。咍（hāi）：笑。

二十九、晁谦之

【作者简介】晁谦之（？—1154），字恭祖，宋澶渊郡澶州（今河南濮阳）人，后居信州（今江西上饶）。历任右司员外郎、户部侍郎、工部侍郎，提举江州太平观、知抚州、知建康府等。清乾隆《广信府志》卷二二有传。

1 送侄子靖还九经堂（古风）

少师睦宗族，誉望四海尊。
具载涪翁诗，凛凛英气存。
我方继先志，爱汝贤弟昆。
郊天均霈泽，延赏光子孙。
适当强而仕，青衫拜君恩。
命驾易千里，玉麟共清樽。
半年悦清话，膏车遽还辕。
轩昂意气雄，下视鹏与鹍。
我今归兴浓，倦游怀文园。
送别已凄断，握手何忘言。
九经在践履，勤劳穷渊源。
勉为门户计，无使群议喧。
行轻则招尤，世事难重论。
勿贻内举羞，同姓古所敦。

2 南岩（古风）

南岩夫何为，山作天倚盖。
山南豁山复，飞顶压其外。
当空横广额，架屋喉舌内。
尝聆释氏说，仰覆各世界。
千间未可著，五亩良不隘。
清泠气射人，热恼从此溃。
崖奔木疏瘦，谷远鸟幽怪。
朅予与二子，高兴偶相戒。
松舟下清江，毛发数虾蟹。
篮舆上峻岭，幢节望杉桧。
李侯勋门胄，文彩山作绘。
赵君儒林孙，嫮美兰结佩。
不为城府游，继此日于迈。
宁知老逾拙，意在精力退。
得居溪南山，食饮与山对。
夔魈入奥突，云雨出绅襘。
顾此诚未逢，欣然与心会。
彭湖两崖蹙，泉作一线霈。
禅月古台空，灵境自明晦。
平生所驱使，诗酒俱好在。
天涯得吾侣，物外从所快。
便欲登赤城，一观天宇大。

三十、李复圭

【作者简介】李复圭，字审言，宋徐州丰县（今江苏丰县）人。仁宗康定二年进士。历任澶州通判，知滑州，知相州，知泾州、河东转运使，知庆州，知光化军，知沧州，知邓州等。《宋史》卷二九一有传。今录诗四首。

1 石桥（七律）

石梁嵲屼据山流，异迹尝闻记道猷。
五百真如谁化灭，三千色界妄探求。
灯龛焰古长年在，茗盏花浓继日浮。
静境少留尘虑息，松风萧飒又惊秋。

2 先照亭（七律）

危梁上下庆云端，禅刹翚飞插翠峦。
华藏贝多缄秘典，香厨莆塞供珍餐。
回廊跨壑千重峻，悬溜当空六月寒。
盘礴迥知灵秀境，极高方见地形宽。

三十一、刘攽

【作者简介】刘攽（1023—1089），字贡父，号公非。宋临江军新喻（今江西新余）人。刘敞弟。进士。历任国子监直讲、馆阁校勘、同知太常礼院、中书舍人等。博览群书，精于史学。著有《彭城集》《公非集》《中山诗话》等。

分题河决东郡（五言排律）

汉郡金堤北，黄河落日东。
波涛凝沴气，翻浪蹙长空。
钜野鲛人室，鱼山水伯宫。
坐嗟山海变，心恐地天通。
未就宣防筑，深怀夏禹功。
何当开岭首，西注出湖中。

三十二、张 焘

【作者简介】张焘（1013—1082），字景元，宋濮州临濮（今山东鄄城）人。举进士。仁宗年间担任澶州知事。历任单州通判、沂州知州、提点河北刑狱、陕西路刑狱、成都知府、判太常寺等。《宋史》卷三三三有传。今录诗词五首。

1 踏莎行（词）

阳复寒根，气回枯秆。
前村昨夜梅初绽。
谁言造化没偏颇，
半开何独南枝暖。

素艳幽轻，清香远散。
雪中岂恨和羹晚。
不知何处误东君，
至今不使春拘管。

2 恨欢迟（词）

淡薄情怀。
浅缀胭脂。
独占江梅。
最好是，严凝苦寒天气，
却是开时。

也不许，桃杏斗妍媸。
也不许，雪霜相欺。
又只恐，谁家一声羌笛，
落尽南枝。

三十三、李　纲

【作者简介】李纲（1083—1140），字伯纪，号梁溪先生。宋邵武（今福建邵武）人。进士。历任太常少卿、兵部侍郎、东京留守、亲征行营使、尚书左仆射兼门下侍郎等。卒谥忠定。著有《梁溪集》。

喜迁莺·真宗幸澶渊（词）

边城寒早。
恣骄虏，远牧甘泉丰草。
铁马嘶风，毡裘凌雪，坐使一方云扰。
庙堂折冲无策，欲幸坤维江表。
叱群议，赖寇公力挽，亲行天讨。

缥缈。
銮辂动，霓旌龙旆，遥指澶渊道。
日照金戈，云随黄伞，径渡大河清晓。
六军万姓呼舞，箭发敌酋难保。
虏情慑，誓书来，从此年年修好。

三十四、刘 跂

【作者简介】刘跂，字斯立，时称学易先生，宋东光（今河北东光县）人。进士。历任亳州教授、曹州教授，知彭泽、知蕲水县、朝奉郎等。著有《学易集》二十卷。事见《宋史》卷三四〇《刘挚传》。

宣防宫赋

余以事抵白马，客道汉瓠子事，感其语，故赋：

元封天子既乾封，临决河，沉璧及马，慷慨悲歌。河塞筑宣防之宫，宴其群臣，乃称曰："隤林竹兮楗石菑，宣防塞兮万福来。"

顾盼意得，诏问东方大夫："乐乎？"朔进而跽曰："君王佩乾符，妥坤灵，封岱岳，禅云亭，雷行炎驰，一跸四海，力馀气盈，爰览德水。至于人靡遗智，天不爱祉，石城金镛，屹立亭峙。则又经广轮，度栋宇，徘徊领略，心解目睹，八隅九维，千门万户，沈严神丽，秦帝之府。于是植翠华，喧灵鼍，觞川流，浩长歌，神哉！沛君心和，患去喜至无所复加，可谓乐矣。然臣观之，未可谓无忧也。"

天子愕眙，不怡，少焉，顾曰："亦有说乎？"朔再拜曰："主臣盖闻大川之源发乎昆仑之神墟，出阳纡与陵门，导积石而沉浮，包浑沦与俱游，羌亹亹其徂征。千里一曲，万里九折，盘礴濆滉呼，欲汹潏荡。然长波激为迅湍，莽不知其几何。遂异派而同澜，已而略广武，循大？伾辚沛轹洛，积为委输瀵沸，出乎地上，恍莫际其焉。如粤若神，禹继道作德范围，天仪联络，地脉疏排，泼漫镌凿，岩客平野，其艺人有安宅，化鳞介为冠冕，盖千有八百国。臣曾问遗黎遵海隅繇平成之徒，骇下东光之湖苏渊，然覆鬴脩若马颊，如鬲及盘，以简以洁，太史分流，参汇众折。然后安翔徐回，脉脉并酾，纤馀衍漾，绵眇逶迟，虬潜蛟伏，波不得兴。视荣光与休气，茂玉检而金绳，焕乎三日而五色，何必千岁而一清？若夫群雄逐兮位隔并，山川围兮气弗宣。托汹涌以为货兮，阻庢儀以自藩。崇墉连蜷，矗以相杂兮，巨浸韓灡，汩乎宛延。立遮害之亭，谨白马之津，雉堞瞰其东，瓯脱临其西，又东北留其行，又西北击其归。垂天之翼，横海之鳞，瓥隤胶葛，曾不得枪榆枋而泛蹄涔，匒匌勃郁，靡所容怨，霆击电掣，剡已脱兔，益以桃华之流，驶乎竹箭之驭，弥满鸿洞。千里四顾，乃始伐薪，石程畚鞬，汰鸡距之防，横锯牙之木，上下连环，旁侧伏阙。竹落干绎，夹艘而下，岌乎喘牛，蹶若踶马，糗粮齐山，徒庸成林，商羊鼓舞，泽门讴，析骸樵苏，惨于长平之祸，累块珠玉，埒手水衡之藏，谅人谋之，或违将度数之。适逢今，夫呼吸潮汐，关窍丘源洲，潭浮空滩，洹旁穿井，乍甘而撤。舍麦未槁而培根，何灵鳌之下伏寓三峰乎？层巅峨泰紫之嶕峣，陋灵光之岿然，长封为扃，土键石镭，守如崤函，万叶不拔。然而燕雀贺而人吊，枝叶茂而本拨，财乏力屈，河且再塞，君王方且驻属车以流观，启离宫而落成。却两载之乘，劳负薪之臣，举烽赋酒飞轮奉牲戢？长虑于一笑。起驾望而凭陵，神闲意定，澹然无营。”

语未既，天子数顾，尚席推几欲兴，臣朔逡巡却立，不谢而退。其后馆陶之役，竟如东方大夫言。

第五卷

宋辽金元（下卷）

一、高德裔

【作者简介】高德裔，字曼卿，金鹤野(今辽宁辽中)人。累迁登闻检院同知、太府少监、平阳少尹、开州刺史、西京路转运使等。高才博学，弱冠擢第。工文，善字画。事见《中州集》。

1 杏檀铭(四言诗)

周室下衰，王纲解纽。
非大圣人，狂澜莫救。
天挺夫子，生民未有。
薄言范世，木舌金口。
三千之徒，义由此受。
我瞻遗檀，实为教首。
万代护持，天长地久。

【注释】杏檀铭：又称杏坛铭。杏：杏树。孔子在卫国(今河南濮阳)讲学之处，称之为“杏檀或杏坛”。薄言：少而浅的话。木舌：木铎，即大铃的铃舌。

2 坐忘女(七律)

结习销来性自圆，去留元不间人天。
消摇自是忘形蝶，枯寂宁同委蜕蝉。
无碍真空常荡荡，若存馀息尚绵绵。
立亡坐脱皆游戏，定力何尝有变迁。

二、耶律楚材

【作者简介】耶律楚材(1190—1244)，字晋卿，号湛然居士。金元间义州弘政(今辽宁义县)人。尚书右丞耶律履子。博极群书。金章宗时，任开州同知。元文宗至顺初，追封广宁王，谥文正。著有《湛然居士文集》。

1 弹秋水(五律)

信意弹秋水，清商促轸成。
只疑天上曲，不似世间声。
海若诚无敌，河神已请平。
三朝不弹此，心窍觉尘生。

【注释】秋水：琴曲名。

2 蜡梅二首(七律)

其一

越岭仙姿迥异常，洞庭春染六铢裳。
枝横碧玉天然瘦，蕾破黄金分外香。
反笑素英浑淡抹，却嫌红艳太浓妆。
临风浥此蔷薇露，醉墨淋漓寄渺茫。

其二

冰姿梦里慕姚黄，滴蜡凝酥别样妆。
生妒白红太浓淡，懒施朱粉自分芳。
寒英深染蔷薇露，冷艳微熏笃耨香。
受用清绝恣吟绕，惜花一念未全忘。

三、杨云鹏

【作者简介】杨云鹏，字飞卿，金元间汝海（今河南汝州）人。工诗。为李献能所推许，元好问与为知己。有《诗述》二十首，著有《陶然集》。

登濮州北城（七律）

层城高绝一攀跻，岁杪临风客思凄。
烧入马陵秋草黑，雁横雪泽暮天低。
陈台事往人何在，曹国川遥望欲迷。
牢落壮怀谁与语？疏林残照乱鸦啼。

【注释】杪（miǎo）：树枝的细梢。马陵：马陵之战。雷泽：濮阳东南的古大泽。曹国：春秋之曹国。

四、胡长孺

【作者简介】胡长孺（1249—1323），字汲仲，号石塘。宋元间婺州永康（今浙江金华）人。宋亡，隐居永康山中。元初历任集贤修撰、扬州教授、宁海县主簿等，后致力陆九渊之说。著有《石塘稿》。

大水（七古）

西昆水源出天河，一泻万里生惊波。
烛浑到海更奔猛，溃决犹自吞陵阿。
瓠子鱼龙横中野，至今空唱宣防歌。
故迹九道复不得，南注安流少休息。
痴冥阴云欺白日，不放扶桑光采出。
连宵达旦雨如倾，绿野黄流混为一。
河伯侈大未可厌，规取桑田广宫室。
长鲸老蛟助声势，城郭波浪相沈没。
神禹衣冠藏会稽，大叫不闻将安为。

【注释】瓠子：瓠子河。宣防：宣防宫。

五、胡 奎

【作者简介】胡奎，字虚白，号斗南老人，元明间浙江海宁（今浙江海宁）人。著有《斗南老人集》。

吴起（五古）

吴起好用兵，尝学曾子法。
东出卫郭门，啮臂与母诀。
鲁君不见用，杀妻与齐绝。
将军自吮疽，士卒甘喋血。
击秦拔五城，魏侯尚功烈。
在德不在险，舟中尽吴越。
孰云猜忌人，千载名不灭。

【注释】吴起（公元前440—公元前381），姜姓，吴氏，名起，卫国（今河南濮阳、山东菏泽一带）人。战国时期著名的军事家、政治家与改革家，兵家代表人物。著作有《吴子兵法》。

六、韦平

【作者简介】韦平，生平事迹不详，元开州（今河南濮阳）客籍人。居官元朝，明朝建立后，韦平为避祸患，藏踪匿迹，改名换姓，从安徽灵璧来开州隐居。

避难至开州（七律）

出门仗剑愿成功，到此谁知百战空。
残垒犹怜衰草白，降旗枉照夕阳红。
一从解甲悲淮右，无复攀髯恋禁中。
消尽雄心愁末路，天涯托钵梵王宫。

【注释】淮右：地名，即桂西。梵王宫：大梵天王的宫殿。

七、王继善

【作者简介】王继善，生平事迹不详，元朝东原（今山东泰安东平）人。

题杨崇喜亦乐堂二首（五律）

其一

世任云雷变，斯堂道自隆。
朋来欣有得，飘饮味无穷。
院宇风光里，襟怀霁月中。
陶然真境在，直与混鸿蒙。

其二

诗礼传家业，芸香蔼栋楹。
义途修坦熟，性地入高明。
千里熏兰馥，九皋感鹤鸣。
浮云时事改，应不没斯名。

【注释】杨崇喜：即唐兀象贤，改名杨崇喜。其祖唐兀闾马，隐居开州十八郎寨。崇义书院、亦乐堂、龙祠乡社等均由杨崇喜创办。云雷变：时局大变。鸿蒙：东方之野，谓日出之处。栋楹：梁柱。馥：香气，酸郁。九皋：深远。鹤鸣：称修身洁行而有时誉之士。

八、郭 昂

【作者简介】郭昂（1229—1289），字彦高，号野斋，元彰德林州（今河南林州）人。历任山东统军司知事、襄阳总军司、镇抚州、广东宣慰使等。少习刀槊，能挽强弰，通经史，尤工于诗，率多江关戎马之作。

开州卜居（七律）

旋买耕牛卖宝刀，草庐新结近东皋。
贫无官府心常乐，闲为交亲菜自薅。
卧虎城危斜日映，洪洋山浅白云高。
蹇驴不怕旁人笑，时趁黄鸡醉浊醪。

【注释】卜居：用占卜选择居住地。薅：拔取。卧虎城：元濮阳城，五代后梁所建，形如虎状，俗称卧虎城。洪洋山：濮阳古山名。蹇：跛足。

九、杨维桢

【作者简介】杨维桢（1296—1370），字廉夫，号铁崖。元明间浙江山阴（今浙江萧山）人，元泰定帝泰定四年进士。授天台县尹，累擢江西儒学提举。张士诚累招不赴。著有《东维子集》《铁崖先生古乐府》等。

澶渊行（七古）

阳城淀，高阳关，
边书告急夕五至，皇帝亲至岢岚山。
殿前寇相一斗胆，楚蜀谋臣谋可斩。
阳光抱珥已开光，床机一发中挞揽。
雄谋独断众勿摇，孤注一掷先成枭。
跛河不渡势不止，贾勇况有高嫖姚。
千羊万犬锐若隼，望见龙光气尽消。
万岁声呼天可汗，擎天一柱唯付准。
飞龙使，修载书，鬼母尚执关南图。
君不见汉家玉帛赐单于，何尝割地分边隅？
却怜艺祖岁锦二十万，不博黑子一万蕃枯颅！

【注释】澶渊：地名，濮阳县境内。嫖姚：霍去病。天可汗：唐太宗，唐代西北各族君长对唐太宗的尊称。鬼母：喻萧太后。艺祖：原为开国帝王的通称，这里指宋太祖。

十、张宪

【作者简介】张宪，字思廉，元末浙江山阴（今浙江萧山）人。晚为张士诚所招，迁枢密院都事。著有《玉笥集》传世。

澶渊行（七古）

铁马辽军饮河水，三关要地平如砥。
诸城闭垒垒僚惊，西幸东巡议蜂起。
相公峙立不动摇，忠肝义胆凌云霄。
亲征雄谋出独断，孤注一掷先得枭。
澶渊城上黄旗人，万岁声中河水立。
神弧半夜发床机，天杀藩酋藩母泣。
藩儿进退两成禽，可惜君王不追袭。
不追袭，失天赐，
银币年年劳奉使，冠履从此颠倒置。
君不见主和至尊多善柔，懒得一矢射岐沟。
岁输二十万匹绢，不搏辽兵一颗头。

【注释】澶渊：地名，濮阳县境内。三关：宋辽交界的三个关。藩：少数民族、外国的。

十一、卢　寿

【作者简介】卢寿，生卒年月不详，元开州（今河南濮阳）儒学教授。

1 尊美堂铭（古风）

从政有道，五美是尊。
何谓五美？圣有格言：
尊美奚先，因民而利。
不强其难，顺道则易。
如禹治水，行其无事。
可劳而劳，则维其次。
秀于凡民，可敬者士。
疲癃茕独，天民之穷。
何人可恤？人人所同。
孰为可劳？我择而使。
彼且子耒，宁怨劳止。
贵贱异族，夫谁无欲。
君子则仁，小人贪黩。
名为君子，而行小人。
不愧于心，欺天虐民。
天远而迩，孰云可欺！

民愚而神，虐必害随。
我欲斯仁，天理之赋。
居然资深，亦孔之固。
慢则已失，猛则民残。
温温恭人，恪慎在官。
谦以接人，敬以持己。
合而言之，是为五美。
望谟洋洋，惠我无疆。
尊而行之，于昔有光。
匪伊治邑，实可以相。
匪伊斯令，突世流芳。

【注释】尊美堂：濮阳县宰刘彦规建造，濮阳县衙内。铭：一种文体形式。奚：疑问代词。维：句中语气词。疲癃（lóng）：疲劳而手足多病。茕（qióng）：孤独无靠。黩（dú）：污浊。

2 题濮阳尊美堂诗（七律）

忽从嚣杂见醢良，谁道人亡政亦亡？
循吏方能尊五美，俗工祈解习三章。
雄笔藓结常遗爱，茂树民怀不忍伤。
谁继刘公能复筑？会看汉简共辉光。

【注释】嚣杂（xiāo zá）：吵闹杂混。醢（hǎi）：义同醇，淳朴厚重。三章：古代对文武官吏的三种考核方法。刘公：即建造尊美堂之刘彦规。汗简：指史册。

十二、伯颜宗道

【作者简介】伯颜宗道（1292—1358），字宗道，号愚庵，元哈剌鲁人。世居元开州（今河南濮阳）。知名学者。元惠宗至正四年征至京师，授翰林待制，参加撰修宋史。伯颜平生，修辑《六经》，多所著述。

龙祠乡社义约赞（古风）

善俗有方，乡约为美。
翘楚士林，蓝田吕氏。
文正许公，中书十纪。
锓梓寿传，仲谦张子。
户庀家藏，化宏遐迩。
骑钦泉贤，祖居仁里。
鸠集朋友，前修遵履。
至祷神龙，克诚烟祀。
有感必通，畴繁离祉。
宴集有时，农隙是俟。
朋酒斯享，序宾以齿。
冗费裁省，奢华禁止。
好乐无荒，礼勤而已。
善恶惩劝，立监垂史。

邻保相助，或耕或耔。
吉凶所需，赒生赙死。
救患分灾，缕觇条理。
礼让风淳，敬恭桑梓。
迈迹于今，古风是似。
化洽乡邦，济跄良士。
一撰蓝田，端无彼此。
爰赞兹垂，后昆昭示。

【注释】龙祠乡社：民间社会组织。锓（qǐn）梓：即锓板，刻书作板。庀（pǐ）：具备。赒（zhōu）：接济。赙（fù）：以财物助丧事。觇（luó）：有条理。觇缕：委曲、原委。

十三、忠公俨

【作者简介】忠公俨，生卒年月不详，元至正年间任开州（今河南濮阳）牧守（郡守）。

龙祠乡社（七古）

劝君驻马龙祠下，邂逅成钧旧友坐。
偶读惬山诗老序，方知郎寨义乡盟。
里人自致浇风变，郡守何曾教化行？
但愿斯民捻相效，老夫拭目看昇平。

【注释】龙祠乡社：民间社会组织。龙祠：金堤龙王庙，又名“龙王社”。成钧：泛指官设学府。惬山：山名；代指元朝大学者、诗人潘迪。义乡盟：龙祠乡社义约。

十四、赵 汸

【作者简介】赵汸（1319—1369），元明间徽州府休宁（今安徽休宁）人，字子常，学者称东山先生。晚年隐居东山，读书著述。明洪武二年，与赵埙等被征修《元史》。著有《春秋集传》《东山存稿》等。

观舆图有感五首·其二（五律）

四载勤难继，八年绩竟成。
功推城濮隽，泽想召陵深。
问鼎犹怀恶，投龟肯易心。
向无微管叹，孰忆到于今。

【注释】城濮：古地名，春秋卫地（今河南濮阳境内）。城濮之战，是周襄王二十年（公元前632），晋、楚两国在卫国城濮地区进行的争夺中原霸权的首次大战。晋文公兑现当年流亡楚国许下“退避三舍”的诺言，令晋军后退，避楚军锋芒。子玉不顾楚成王告诫，率军冒进，被晋军歼灭两翼，楚军大败

十五、张以宁

【作者简介】张以宁(1301—1370)，字志道，学者称翠屏先生。进士。元明间福建古田(今福建古田)人。官至六合知县、翰林侍读学士。长于经学，尤精《春秋》。著有《春王正月考》《翠屏集》。

澶渊吟(五言排律)

澶渊古帝丘，属县名濮阳。
有乡日孝义，土活民阜康。
惟夏唐兀氏，聿来裹喉粮。
卜居龟食兆，鸠族蜂分房。
大堤古龙祠，树木郁青苍。
昔时里中社，水旰此祈禳，
岁深俗滋弊，崇饮礼意荒。
番番忠显君，训子明义方。
岂独秀兰桂，所重梓与桑。
恳恳定私约，申申告于乡，
约言月必会，不压农时忙。
祀必洁冠服，毋或敢弗庄，
晏必序长幼，毋或敢乱行。
过相规以寡，德相劝以藏，

礼俗相交际，患难相扶将。
善恶书诸籍，劝惩俱有章，
面数情则亲，物溥意弥长。
牲币毋已渎，不敬神必殃。
酒肴毋已侈，不节财必伤。
鸠杖行矍铄，银符佩荧煌，
坐使仝里门，化为古心肠。
我读起叹息，念昔增慨慷。
井田制久坏，乡饮礼亦亡，
周亲有斗室，周气多阋墙。
况乃非骨肉，安能不参商，
所以吕蓝田，于焉著其详。
既往邈难逮，方来殊可望，
朝鲜化礼让，晋鄙薰善良。
斯道久寂寞，伊人绍馨芳，
手持囊中胶，救此奔汉黄。
安得君辈百，淳风返陶唐，
神明佑作善，子姓其必昌。
矢诗勖厥后，善继思勿忘。

【注释】澶渊：地名。濮阳：地名，县名。阋墙（xì qiáng）：兄弟之间不和。勖（xù）：勉励。

【延伸阅读·戏剧】

杂剧作家宫天挺戏剧二则

【作者简介】宫天挺（约1260—约1330），字大用，元大名路开州（今河南濮阳）人。著名杂剧作家。所作杂剧主要有《死生交范张鸡黍》《宋仁宗御览托公书》《宋上皇御赏凤凰楼》《使河南汲黯开仓》《严子陵垂钓七里滩》《栖会稽越王尝胆》等6部。工诗能文，惜诗文大都已佚，现仅存《死生交范张鸡黍》《严子陵垂钓七里滩》两部。

【第一则】杂剧·死生交范张鸡黍

【导读】《死生交范张鸡黍》也称《范张鸡黍》，取材于《后汉书·独行列传》中的《范式传》。《范张鸡黍》既歌颂了范式和张劭之间重然诺、守信义和死生不渝的友谊；同时也鞭挞、谴责了王韬的卑劣行径。曲文情词激愤，痛快淋漓，入木三分。借汉代人物之口，倾吐出元代文人久积于胸中的不平之气，有一定的现实意义。

楔　子

（正末扮范巨卿，同冲末扮孔仲山、张元伯，净扮王仲略上，正末云）小生姓范名式，字巨卿，山阳金乡人也。这一个秀士，姓张名劭，字元伯，是汝阳人氏。我和元伯，结为死生之交。他有老母在堂，本不乐于远游，只因小生劝道，今日君圣臣贤，正士大夫立功名之秋，为此来就帝学，未及数年，选居上馆。声动朝廷。累次辟召，皆不肯就，盖因志大，耻为州县。又见谄佞盈朝，辞归闾里。这一小秀士，是小生同乡人氏，姓孔名嵩，字仲山，是孔宣圣一十七代贤孙，亦同游学京师。这个秀士，姓王名韬，字仲略，洛阳人氏，乃天官主爵都尉兼学士判院门下女婿，虽天文才，同在帝学。今知小生与元伯归乡，故来相别于长亭之上。仲山兄弟，我和你今日作别，不知几时。再得相会。（孔仲山云）您兄弟作下万言长策，要贡院中献去。争奈差事在身，哥哥，可为兄弟觅个方便，央带的去加一美言咱。（正末云）你不早说。仲略泰山见为学士判院，你将仲山万言长策献了，可加一美言。但得一官半职，也是朋友的情，弟兄的意。（王仲略云）将来我看。哥哥放心，这等文才，愁甚么不做大官。仲山不用你去，我独自去与你捎一官来，才显我的面情。我也是个有行止的人。（孔仲山云）谢了兄弟。（张元伯云）哥哥，今日在此酌别，再几时相会？（正末云）兄弟今日酌别，直至后二年今月今日，汝阳庄上，拜探老母。（张元伯云）哥哥，您兄弟在家杀鸡炊黍等待哥哥相会。哥哥，你休失信也。（正末云）兄弟，为人岂敢轻言！可不道：信近于义，言可复也。去食去兵，不可去信。大车无輗，小车无軏，其何以行之哉。（唱）

【仙吕】【赏花时】俺本是义烈堂堂大丈夫，况同在成均共业儒。聚首数年余，今日个临岐归去，情悯默，意踌躇。

【幺篇】直等到后岁今胡来探汝，参拜白头堂上母。（张元伯云）既然肯来赴约呵，您兄弟只鸡斗酒，等待我的哥哥也。（正末唱）何必醲云腴，若但杀鸡炊黍。（张元伯云）只怕路途遥远，不能俺两个相会到一处。（正末唱）岂避千里远程途。（同下）

第一折

（丑扮卖酒上，诗云）买卖归来汗未消，上床犹自想来朝。为甚当家头先白，日夜思量计万条。小可是个卖酒的，在这汝阳镇店开着酒肆。挂上这望子，看有甚么人来。（王仲略扮孤上，诗云）朝为田舍郎，暮登抢撞窗。跌下狮子来，骑上羊吉嚅羊。小官王仲略。自从前岁孔仲山所央我与他献的万言长策，不曾替他出力。谁想贡院中有这等利害，我见那秀才每作诗文，唬得我魂飞天外。我连夜将孔仲山的万言策改了头尾，则作我的文章。有我泰山与众官见了甚喜，就除我杭州佥判。走马赴任，来到这汝阳镇。一个酒店儿，我买两盅酒吃，拴了马者。小二哥，打二百钱脑儿酒来。若没好酒，浑酒也罢。（丑云）官人请坐，有酒有酒。（王饮酒科）（正末骑马领家僮上云）小生范巨卿。前岁九月十五日，约张元伯汝阳庄上拜探老母，依期到此。至元伯处尚有数里田地，天色早哩，去这村中且饮一杯。我下的这马来，盘缰儿系定，入的这酒店。呀，我道是谁，原来是仲略贤弟得了官也。（做见科，王仲略云）哥哥，你请起，污了衣服。小官待还礼来，则是寿不压职。（正末云）贤弟那里迁除？（王仲略云）所除杭州佥破。（正末云）敢是佥判？（王仲略云）您兄弟这两日说话，有些儿唇紧。（正末云）贤弟喜得美除，途路之间，无以庆贺。（王仲略云）哥哥，你不必巧语，这里有的是海郎，打半瓶吃罢。（正末云）小二哥，打二百钱酒来，草草权为作庆。（正末把酒科，云）贤弟满饮一杯。（王仲略云）拿瓯子来，我先吃两瓯。（做吃酒科，云）哥哥，我要回你酒，待我去看些按酒来。（做背科，云）嗨！谁想撞将他来。若问起孔仲山的万言策呵，我可怎生支对？我如今灌上几盅，我和他讲文。他文才高似我万倍，我偷学他几句，到杭州去好和人说。（回云）哥哥，想的兄弟文章到的那里。哥哥才学，与在下不同，有甚么名人古书，前皇后代，哥哥讲说些儿，小官洗耳恭听。（正末云）贤弟，你莫非谦乎？（王仲略云）区区实是不济，不是诈谦。（正末云）既不谦呵，想圣人教人，不过仁义礼智、孝悌忠信而已，足下岂可不知？正是以能问于不能，以多问于寡。自天地开辟以来，圣贤相传之道，试听小生略说一遍咱。（王仲略云）你说你说，不要梢了，可瞒不过我。（正末唱）

【仙吕】【点绛唇】太极初分，剖开混沌。阴阳运，万物纷纷，生意无穷尽。

（王仲略云）这个我也知道。把那三皇五帝，从头至尾，你说一遍我听者。（正末唱）

【混江龙】自天地人三皇兴运，至轩辕氏才得垂裳端冕御乾坤，总年数三百二十七万，称尊号一百八十余君。总不如唐虞氏把七政搜罗成历象，夏后氏把百川平定粒蒸民，成汤氏东征西怨，文武氏革旧维新，周公礼百工兼备，孔子道千古独尊。孟子时空将性善说谆谆，怎知道历齐梁无个能相信，到嬴秦儒风已灭，从此后圣学湮论。

（王仲略云）哥哥，这些话我也省的，这一向我早忘了一半，也只是贵人多忘事。哥哥，你将我朝的故事，再说一遍您兄弟听咱。（正末唱）

【油葫芦】想高皇本亭长区区泗水滨，将诸侯西入秦，不五年扫清四海绝烽尘。他道是功成马上无多逊，公然把诗书撇下无劳问。虽则是儒不坑。虽则是经不焚，直到孝文朝挟书律蠲除尽，才知道天未丧斯文。

（王仲略云）哥哥说的是，自古道文章好立身，着我做官人。有人来告状，则要烂精银。（正末唱）

【天下乐】你道是文章好立身，我道今人都为名利引，怪不着赤紧的翰林院那伙老子每钱上紧。（王仲略云）怎见得他钱上紧？（正末云）有钱的无才学。有才学的却无钱。有钱的将着金帛干谒那官人每暗暗的衙门中分付了，到举场中各自去省试殿试，岂论那文才高低？（唱）他歪吟的几句诗，胡诌下一道文，都是些要人钱谄佞臣。

（王仲略云）这话伤将我来也。哥哥，你则猥慵惰懒，不以功名为念。你这等闲言长语，当的甚么。（正末云）贤弟也，如今人难求仕进。（王仲略云）怎么难求仕进？（正末云）只随朝小小的职名，被这大官人家子弟都占去了。赤紧的又有权豪势要之家，三座衙门，把的水泄不通。（王仲略云）可是那三座衙门？（正末唱）

【那吒令】国子监里助教的，尚书是他的故人；秘书监里著作的，参政是他的丈人；翰林院里应举的，是左丞相的舍人。（带云）且莫说甚么好文章，（唱）则《春秋》不知怎的发，（王仲略云）春秋说的是庄家种田之事。春种夏锄，秋收冬藏，咱秀才每管他做甚么？（正末云）不是这等说，是读书的《春秋》。（王仲略云）小生不曾读《春秋》，敢是《西厢记》。（正末唱）《周礼》不知如何论，（王仲略云）说的是所行衙门事自下而上的勾当。县里不理州里去理，州里不理府上去理，俺秀才每管他怎么？（正末云）不是这等说，是周公制作之书。（王仲略云）小生也不曾读这本书，不省得。（正末唱）制诏诰是怎的行文。

（王仲略云）那两桩其实不知，这桩儿且是做得滑熟，那告状的有原告，有被告。（正末云）一发说到那里去了！贤弟，你怎生得这一任官采？（王仲略云）这是各人的造物，你管他怎么？谁不着你学我做官来。（正末唱）

【鹊踏枝】我堪恨那伙老乔民，用这等小猢狲，但学得些妆点皮肤，子曰诗云。本待要借路儿苟图一个出身，他每现如今都齐了行不用别人。

（王仲略云）哥哥，你从来有些多事，谁不教你求官应举去来？（正末云）我去不得。（王仲略云）谁拦着你来，去不得？（正末唱）

【寄生草】将凤凰池拦了前路，麒麟阁顶杀后门。便行那汉相如献赋难求进，贾长沙痛哭谁偢问，董仲舒对策无公论。便有那公孙弘撞不开昭文馆内虎牢关，司马迁打不破编修院里长蛇阵。

（王仲略云）俺虽然文章塌撒。也是各人的福分。如今都是年纪小聪明的做官也。（正末云）正是年纪小么。（唱）

【幺篇】口边厢你腥也犹未落，顶门上胎发也尚自仔。生下来便落在那爷羹娘饭长生运，正行着兄先弟后财帛运，又交着夫荣妻贵催官运。（王仲略云）哥哥，你如今虽有文章，可也学不的俺这为官的受用快活，俺端的靴踪不离了朝门。（正末唱）你大拼着十年家富小儿娇，也少不得一朝马死黄金尽。

【六幺序】您子父每轮替着当朝贵，倒班儿居要津，则欺瞒着帝子王孙。猛力如轮。诡计如神。谁识您那一伙害军民聚敛之臣？（王仲略云）哥哥，俺虽年纪小，那一伙做官的个个都是栋梁之材。（正末唱）现如今那栋梁材平地上刚三寸，你说波怎支撑那万里乾坤？（王仲略云）俺许多官人怎生无一个栋梁之材？似我才学也勾了。哥，你也少说少说。（正末云）有，有，有。（唱）都是些装肥羊法酒人皮囤，一个个智无四两，肉重千斤。

【幺篇】这一伙魔军，又无甚功勋，却养他画戟朱门，列鼎重裀，赤金白银，翠袖红裙，花酒盈樽，羊马成群。有一日天打算衣绝禄尽，下场头少不得吊脊抽筋。（王仲略云）哥哥何必致怒，你这等猥惰慵懒，有甚么好处？（正末唱）小子白身，乐道安贫，觑此辈何足云。云满胸襟拍塞怀孤愤，将云间太华平吞。（王仲略云）好大口也。（正末云）贤弟且略别。（王仲略云）正欢喜饮酒，可那里去？（正末云）前岁也有你来约定元伯庄上赴会去。（王仲略云）哦，我记得了。哥哥，你馋嘴为那一只鸡，半碗饭几盅酒，如今要走一千里路哩。（正末云）大丈夫岂为铺啜而已，大刚来则是赴一信字。（唱）想为人怎敢言而无信。（王仲略云）哥哥，为人不要老实，还是说几句谎儿好。就失信便怎的？（正末云）大丈夫若失了信呵，（唱）枉了咱顶大江地，束发冠巾。

（王仲略云）我长这么大，才失了一个信儿。（正末云）小二哥，还你二百文酒钱。（王仲略云）哥哥，你若赴鸡黍会，就带小弟同去如何？（正末云）既然贤弟要去，其路也不背，同往赴会去便了。（同下）（老旦扮卜儿同张元伯上，诗云）花有重开日，人无再少年。休道黄金贵，安乐最值钱。老身姓赵，夫主姓张，不幸夫主蚤年身亡。只留下这孩儿，与山阳范巨卿为友，情坚金石，终始不改。因见豺狼当道，告归闾里，却早二年光景也。（张元伯云）母亲，今日是九月十五日，前岁哥哥约定，今日来拜探母亲。俺如今可杀鸡炊黍，等待哥哥者。（卜儿云）孩儿，二年之后，千里之途，怎生便信的他。（张元伯云）母亲，俺哥哥是至诚君子，必不失信。（卜儿云）孩儿，既是这等呵，我如今便安排下鸡黍，你去门外望一来。（张元伯云）理会得，我出的这门来，怎生这早晚不见俺那哥哥来也？（正末领家僮上，云）小生范巨卿，可早来到也。家僮接了马者！（做相见科，正末云）兄弟，我来了也。（张元伯云）语未悬口，哥哥真个来了。千里之途，驱驰不易。（正末唱）

【金盏儿】想二载隔音尘，千里共消魂，（张元伯云）我则道哥哥不来赴会也，谁想有今日。（正末唱）我恨不得趁天风飞出山阳郡。想弟兄的情分痛关亲，我特来升堂重拜母，尊酒细论文。当初若不因鸡黍约，今日个谁识俺志诚人。

（正末云）兄弟，有王仲略得了官，他同我到此。（王仲略云）哥哥，你也等我一等。（正末云）我在此等侯哩。元伯与相公相见咱。（张元伯云）请进，贺相公千万之喜。二位哥哥，受小生两拜。（拜科，王做受科，云）免礼免礼。小官欲待还礼来，一了说寿不压职。（张元伯云）是是是。（正末云）请起请起。元伯，请母亲拜见咱。（张元伯云）母亲在草堂。哥哥，咱和您进去见来。（做进拜卜儿科）（卜儿云）巨卿千里赴会，真乃信士也。（正末云）山阳一介寒儒，荒疏愚野，孤陋寡闻。谢老母不择，我和兄弟元伯，结为死生之交。此德此恩，生死难忘。（卜儿云）孩儿，你说道今日哥哥决来赴会，真个来到。这一句话，何其有准也。（正末唱）

【醉中天】母亲道一句话何其准，您孩儿不错了半个时辰。（卜儿云）孩儿，将那村酒鸡黍饭来与哥哥吃。（做摆设科）（正末唱）小子心真你更真，（张元伯云）哥哥俺有甚么真处。（正末唱）你却早备下美馔笃下佳酝，（云）家僮将来。山阳淮楚之地，别无异物。新鲜数包，新橙百枚，黄丝绢一匹，荆妇亲子自造，万望老母笑纳为幸。（卜儿云）何劳如此重意。（正末唱）量这些轻人事您孩儿别无甚孝顺。（卜儿云）感承重礼。孩儿将酒来。（正末唱）何须母亲劳顿。（卜儿云）巨卿生受您远路风尘也。（正末唱）您孩儿有多少远路风尘。

（王在外做怒科，云）你每说到几时？早不是腊月里，不冻下我孤拐来。（正末云）呀，忘了仲略兄弟在外厢了。（卜儿云）有请有请。（王进堂科，正末云）相公是杭州佥判。（卜儿拜科，云）相公请。（王仲略云）老母免礼免礼。我待要还礼来，寿不压职。小官在京师，也带了些人事来送老母。（做取乔砌末科，正末云）母亲，您孩儿与荆州刺史相约定赴会，不敢失信，来日五更便行。恐晚间酒后不能拜别老母，受孩儿几拜咱。（拜科，卜儿云）你宽怀饮数杯，我亲自执料去。（下）（正末云）贤弟将过酒看来，吾等对此佳景，可以散心尽欢竟暮，来日为别。（唱）

【金盏儿】就着这黄菊吐清芬，白酒正清醇。相逢万事都休问，想咱人则是离多会少百年身。（张元伯云）将黍饭来。（做食科，正末唱）烹鸡方味美，炊黍恰尝新。我做了个急喉咙陈仲子，你便是大肚量孟尝君。

（王仲略云）我们饮不多几盅，早天色明了也。行人贪道路，哥哥慢行，您兄弟先行。哥哥，您兄弟无伴当，于道路上自做饭吃，这些果子下饭，您兄弟将去，路上口赛他耍子。（做取按酒放唐巾内，戴上，揭衣服取竹筒装酒科，下）（张元伯云）哥哥，今年已过，到来年九月十五日，您兄弟到哥哥宅上赴鸡黍会来。（正末云）兄弟，你若来时，休到山阳，至荆州郭外寻问我来。尊堂前不敢惊寝了。（张元伯云）哥哥，咱和您几时进取功名去？（正末云）男子汉非不以功名为念，那堪豺狼当道，不如只在家中侍奉尊堂。兄弟，您岂不闻尽忠不能尽孝哩。（唱）

【赚煞】礼义乃国之纲，孝悌是人之本，修天爵其道自尊。绕溪上青山郭外村，您与我剩养些不值钱狗彘鸡豚。海口家奉萱亲，笑引儿孙，便是羲皇以上人。（张元伯云）哥哥，若有人举荐我呵，去也不去？（正末唱）便有那送皇宣叩门，聘玄纁访问，且则可掩柴扉高枕卧白云。（同下）

第二折

（卜儿同旦儿、倈儿扶张元伯抱病上，元伯云）小生张元伯，自从与哥哥相别之后，未经一载，不料染起疾病。百般医药，不能疗理。眼见的我这病觑天远，入地近，无那活的人也。大嫂，趁我精细，嘱咐你咱，母亲也近前。（卜儿云）孩儿也精细者。（张元伯云）母亲，我死之后，多留几日，待巨卿哥哥来主丧下葬，我灵车动口眼闭。若哥哥不到，休想我灵车动。母亲，我这会昏沉上来，扶着我者。大嫂，好觑当母亲，看我那孩儿者呵。（诗云）泪盈盈遗嘱自嗟咨，意迟迟怀恨漫寻思。荆钗妇好觑青春子，白头母先哭少年儿。（做死科，下）（卜儿云）孩儿亡了，则被您痛杀我也！（旦儿云）兀的不痛杀我也！（卜儿云）孩儿今日嘱咐的话，要等他哥哥来主丧下葬。千里程途，怎生便得个书信到他那里？我且将孩儿停在棺函里，过了七日之后，选日辰埋葬孩儿。元伯，则被你痛杀我也！（同下）（外扮第五伦引祗从上，诗云）龙楼凤阁九重城，新筑沙堤宰相行。我贵我荣君莫羡，十年前是一书生。老夫覆姓第五，名伦，字百俞，乃京兆长陵人也。自汉光武建武元年，曾为京兆尹，专领长安事。某平生公直廉介，市无奸枉，后补淮阳王为医工长。淮阳入朝，某随官属，得见光武。问以政事，某因应对，帝遂大悦，明日复特召入。与语至夕，以某为扶夷长。未曾到任，寻拜会稽太守。为政清而有惠，百姓爱之。至明帝即位，改元永平，迁某为蜀郡太守。至十八年，拜为司空。今为吏部尚书。奉圣人的命，为因选法弊坏，国学书生，多有托故还乡，不肯求进，况兼各处山间林下，贤人君子，多有隐迹埋名，将贤门闭塞。圣人着小官于荆州等处采访，各州县若有能文会武栋梁之材，选取入朝。量材擢用。某到荆州，经年半载，并不见合属郡县所举人材。小官近闻一人，乃山阳金乡人，姓范名式字巨卿。此人原是国子监生，正为选法不明，告辞还乡，迁葬父母，隐于此处。闭户读书，与官府绝交。某累次遣人诗书辟召，皆不肯就。老夫今日闲暇，将印信牒与佐贰官，不避驱驰，就范式宅中，亲自访问。此人若肯为官，便当荐之朝中，作柱石之臣，也见老夫一点为国求贤的意思。左右那里？将马来，则今日至范式宅中相访，走一遭去也呵。（下）（正末引家僮上，云）小生范巨卿，自离了山阳，来到这荆州郭外，闭户读书。与官府绝交。有本郡太守是第五伦，累次聘小生为掌吏功曹，此意虽善，争奈这豺狼当道，不若隐居山林为得。吾闻仲尼有言，“邦有道则仕，邦无道则卷而怀之”。正今日也。（唱）

【南吕】【一枝花】天不生仲尼，万古如长夜。秦灰犹未冷，汉道复衰绝。满目奸邪，天丧斯文也。今日个秀才每遭逢着末劫，有那等刀笔吏入省登台，屠沽子封侯建节。

【梁州第七】如今那萧丞相争头鼓脑，便有那鲁诸生也索缄口藏舌。将古今人物分优劣，为吏者矜夸显达，为儒者卖弄修洁。舜庭八凯，孔门十哲。更和那汉国三杰，况中兴以后三绝。如今那宪台疏乱滚滚当路豺狼，选法弊絮叨叨请俸日月。禹门深眼睁睁不辨龙蛇，纪纲败缺炎炎的汉火看看灭。士大夫尚风节，恰便似十草将来撞巨铁，枉自摧折。

（第五伦上，云）说话中间，可早来到也。左右那里？接了马者。家僮，报复去，道有第五伦特来相访。（家僮做报科，云）有五丞相在于门首。（正

末云）你何不早说！（唱）

【隔尾】见高车来俺只索倒屣连忙接，（第五伦云）老夫非私来，奉圣人的命，特来敦请贤士。（正末唱）听的道君命至越着俺披襟走不迭。（云）相公有请。（第五伦云）老夫久闻贤士大名，如雷贯耳，今得一睹，实为三生之幸。愿贤士早脱白衣，同朝帝阙。（正末云）小生堕落文章，似卖着一件物事，不能出手。（第五伦云）似卖着甚物事？（正末唱）卖着领雪练也似狐裘赤紧的遇着那热，但得本钱儿不折上手来便撇。（第五伦云）老夫特来沽之。（正末唱）本待要求善价而沽诸，争奈这行货儿背时也。

（第五伦云）贤士休这般说，你自不肯进取功名。想自古至今，运去运来，一进一退，从来有之。何必拘拘然以挂冠为高，奉檄为屈哉？（正末唱）

【牧羊关】想当日那东都门逢萌冠不挂，（第五伦云）贤士何不学那朱云折槛？（正末唱）长朝殿朱云槛不折，（第五伦云）灵辄一饭必酬，真乃壮士也！（正末唱）桑树下食葚子噎杀灵辄。（第五伦云）孙叔敖举于海滨，位至王卿。（正末唱）沧海上孙叔敖干受苦十年，（第五伦云）管夷吾霸诸侯，一匡天下。（正末唱）囹圄内管夷吾枉饿作两截。（第五伦云）贤士，你只学那张子房功成之后，弃职归山也不迟哩。（正末唱）赤松岭张子房迷了归路，（第五伦云）岂不见范蠡霸越，泛舟五湖。（正末唱）洞庭湖范蠡烂了桩橛。（第五伦云）那殷伯夷采薇甘饿首阳，他自有故。（正末唱）首阳山殷伯夷撑得肥胖，（第五伦云）那楚屈原终日独醒，投江而死，何足道哉。（正末唱）汨罗江楚三闾醉的来乱跌。

（第五伦云）贤士乃儒门俊秀，艺苑菁华，何苦屈节于芸窗。甘心于茅舍？依老夫之言，只当进身显耀，建立功名，才是正理。（正末云）量小生有何才能，敢当相公举荐。（唱）

【隔尾】我待学逾垣的段干木非为下敞，垂钓的严子陵不是呆，枉了您个开阁公孙弘到茅舍。（第五伦云）传说板筑高宗封为太宰，岂非古今盛事？（正末唱）量小生才不及傅说，（第五伦云）据贤士之才，断不在蒯彻之下。（正末唱）辩不及蒯彻。（第五伦云）贤士，老夫此一来专是征聘贤士为官。（正末唱）我只怕进退无名，着人做笑话儿说。

（正末做睡科。第五伦云）贤士睡着了也，老夫且去那古树之下，赏玩一回。家僮，等你主人醒时，我老夫再来攀话。（下）（张元伯上，云）小生张元伯，自从与范巨卿哥哥相别。不幸死归冥路。小生曾有遗言，有巨卿哥哥到，方可主丧下葬，我这灵车便动，口眼也闭。哥哥若不来，休想这灵车动。况老母年高，妻娇子幼，倚门而望。千里之途，怕哥哥不知，今日日当午托一梦与哥哥，说知详细，可早来到也。（叫科，云）巨卿哥哥！（正末做醒科，云）正思想元伯，不期来到。（唱）

【骂玉郎】这些时平安信断连三月，我正心绪不宁贴。猛听的家僮报喜高声说，俺兄弟在那里，我与你亲自接，（做见科，唱）不由人添欢悦。

【感皇恩】兄弟你煞是于坦途赊。自从咱两处离别，（张元伯云）哥哥；你靠后，你岂知我心中烦恼也。（正末云）兄弟，怎这般烦恼？（唱）阻隔着路迢遥，山远近，水重叠。（张元伯云）哥哥靠后些。（正末唱）我这牡迎门儿问候，他将我躲闪藏遮。咱两个，为朋友，比外人至亲热。

（云）兄弟有请。（张元伯云）哥哥，你靠后些。（正末唱）

【采茶歌】我恰待向前些，他把我紧拦截，（张元伯遮面云）哥哥靠后些。（正末唱）只见他折回衫油把面皮遮。（张元伯云）哥哥，你岂知我心中烦恼。（正末云）兄弟，（唱）既然道有事关心能哽咽，怎这般无言低首谩伤嗟。

（张元伯云）您兄弟特来探望哥哥。（正末唱）

【哭皇天】你既是肯相探多承谢，（张元伯云）我见了哥哥面，便回程也。（正末唱）便回程因甚也？（张元伯云）您兄弟就此回去了也。（正末云）那里去？（唱）把持房门关闭上，（做扯张科，唱）将衣袂紧揪扯，（张元伯云）哥哥放手，你是生魂。我是鬼魂，您兄弟死了也。（正末做哭科，唱）谁想你今番命绝。想着俺同堂学业，同舍攻书，指望和你同朝帝阙，同建功名。你如今四旬不到，一事无成抛离去母，割舍妻子，怎下的撇了您歹哥哥死去也。这回相见，今番永别。

（做哭科，云）兄弟，我和你几时再得相见也呵。（唱）

【乌夜啼】咱两个再相逢似水底捞叫川，把咱这弟兄情一笔勾绝。（张元伯云）您兄弟临亡时，曾有遗言，嘱付老母。多停我几日，等哥哥来主丧下葬。哥哥若不到时，我灵车不动，不入坟丘。不期老母选五日后出殡，家中老母年高，妻娇子幼，无处可托。则望哥哥照顾老母和那妻子。便是俺朋友的情分。（正末唱）把平生心叮咛说，你可便不必喋喋，少住些些。（张元伯做推末科，云）哥哥，休推睡里梦里。（下）（正末唱）元来是破庄周一枕梦蝴蝶，（云）呀，元只是一梦。家僮多早晚也？（家僮云）午时了也。（正末唱）正日当卓午非贪夜。（做叹科，云）可惜元伯一代奇才，不能遂志！（唱）命矣夫，斯人也。闪得这老亲无子，幼子无爷。

（做悲科，云）兄弟。兀的不痛杀我也！（第五伦上，云）老夫正扶古树盘桓片时，则听的草堂上贤士举哀，不知为何？（做见科，云）贤士因何举哀？（正末云）相公恕罪。兄弟张元伯亡了，因此上举哀。（第五伦云）可惜！可惜！寄书的人在那里？（正末云）无人寄书信来。（第五伦云）既无书信，你怎知张元伯亡了也？（正末云）相公不知，小生平昔与汝阳张元伯结为生死之交。恰才与相公谈话，觉一阵昏沉，元伯梦中来报，因病而亡。于五日后下葬，专等小生去。老母妻子在家悲望，小生便索长行也，（第五伦云）贤士差矣！你平日间思想你兄弟，所以做这等梦。俗话说梦是心头想，此事真假未辨。敢是甚么邪神外鬼，问你讨祭祀来么？（正末云）相公，俺兄弟决不失信。小生持服挂孝，便索奔丧去也。（唱）

【三煞】蒐榼梦断阴风冽，薤露歌残惨日斜。他从来正性不随邪，凛凛英雄，神道般刚明猛烈。（第五伦云）多咱是邪神外鬼问你讨祭祀。不可深信。（正末唱）他岂似饿鬼暮饕餮，他恰才白日分明显化者，我问甚么是耶非耶。

（云）家僮，我嘱付你咱。（唱）

【二煞】怕少盘缠立文书问隔壁邻家借，怕无布绢将现钱去长街上铺内截。（第五伦云）既然贤士要去奔丧吊孝，就将小官的从马，与贤士代步，意下如何?(正末云)多谢了。(唱)乘骑的鞍马相公赊,(第五伦云)贤士几时回来?(正末唱)则这千里程途至少呵来回得三月。他既值凶事我问甚么勋业,(第五伦云)小官欲待荐举贤士为掌吏功曹也。(正末唱)这掌史功曹那个名缺,请相公别寻个有政事豪杰。

(第五伦云)贤士,你二人相交,怎这般深厚也?(正末唱)

【黄钟尾】俺弟兄比陈雷胶漆情尤切,比管鲍分金义更别。张元伯,性忠烈。范巨卿,信士也。半世交,一梦绝。觉来时血泪流,寸心酸,五情裂,咱功名。已不藉。到来朝,避甚能,披残星,戴晓月,冲寒风,冒冻雪,披丧服,拽舆伞,筑坟丘,盖庐舍,种松楸,荫四野,那其间,尚未舍。猛思量,在时节,我和他一处行,一处歇,戚同忧,喜同悦,生同堂,死同穴。到黄昏,厮守者。据平生,心愿彻。着后人向墓门前高耸耸立一碑碣。(第五伦云)贤士,碑碣上可写着甚么吗?(正末唱)将俺这死生交范张名姓写。(下)

(第五伦云)贤士去了也。此一事未审虚实,一壁厢着人打听。果若有此事,老夫自有主意。左右将马来,且回私宅去也。(诗云)世人结友需黄金。黄金不多交不深。直待巨卿亲葬张元伯,方表悠悠生死心。(下)

第三折

(卜儿同旦儿,俫儿,众街坊驾舆车上,卜儿云)老身张元伯母亲自从孩儿亡化,却早过了七日。他临亡时嘱咐下,直等范巨卿哥哥来主丧下葬。许多路途,又无人寄封信去,今日是个好日辰,且安葬了,等他哥哥来祭奠也无妨。(众街坊云)婆婆,这舆车不肯行,拽不动了也。(卜儿云)再帮上几个亲眷,拽一拽。(众做拽不动科,云)又添上许多人,越发拽不动了。(卜儿云)众位不知,他临终时分付下几句言语,直等待范巨卿哥哥来,灵车动,他才肯入坟丘。只是千里路途。怎生便得他来?(众街坊云)俺众人拽不动。老人家你看着,俺众人且回家吃了饭再来拽。(下)(正末骑马上,云)小生范巨卿,今来与元伯奔丧吊孝,一路上好是凄凉也呵。(唱)

【商调】【集贤宾】兄弟也我和你二十年死生交同志友，咱两个再相见永无由。一灵儿伴孤云冥冥杳杳，趁悲风荡荡悠悠。恨不的摔碎我袖里丝鞭，走乏我坐下骅骝。兄弟也为你呵，整整的三昼夜水浆不到口，沿路上几曾道半霎儿停留，身穿的丝麻三月服，心怀着今古一天愁。

（云）这正是心急马行迟，再加上几鞭者。（唱）

【逍遥乐】打的这马不剌剌风团儿驰骤，百般的抹不过山腰，盼不到地头。知他那里也故冢新丘，仰天号哭破咽喉。更那堪树梢头阴风不住吼，恰荒村雪霁云收。猛听的哭声哽咽，遥望见幡影飘扬，眼见的滞魄夷犹。

（云）远远的听见许多人闹，莫非是元伯的灵柩？呀，只见一首幡上面有字，写着道"张元伯引魂之幡"，元来果有此事。（下马至车前做哭科，卜儿云）原来是巨卿哥哥来了，知他是睡里也那里梦里？（正末唱）

【金菊香】三生梦断九泉幽，兄弟也谁想你一日无常万事休。（卜儿云）哥哥，许多人拽不动这灵柩。（正末云）这灵车不动呵，（唱）莫不为尊堂妻子留？这三件事我索承头，你身亡之后不须忧。

（做哭科，云）兄弟，兀的不痛杀我也！（众街坊云）巨卿省烦恼。（正末云）母亲，安排祭祀来，小生于路上思想兄弟，做了一通祭文，祭礼兄弟咱。（祝云）维永平元年，岁次戊午，十月癸亥朔，越五日丁卯，不才范式，谨以清酌庶馐，致祭于张元伯灵柩之前。维公三十成名，四十不进。独善其身，专遵母训，至孝至仁，无私无逊。功名未立，壮年寿尽。吁嗟元伯，魂归九泉！吾今在世，若蒙皇宣，将公之德，荐举君前，门安绰楔，墓顶加宫。二人为友，万载期言。呜呼哀哉，伏惟尚享！（做哭科，唱）

【梧叶儿】举孝廉曾三聘，论文才第一流，我道你不拜相决封侯。正沧海鱼龙夜，趁西风雕鹗秋。此一去不回头，好教我这烦恼越感的天长地久。（云）你众人打开棺函，我试看咱。（卜儿云）哥哥不可。已死过许多时，则怕尸气扑着你也。（正末云）母亲，便有尸气扑死我，我和兄弟一处埋葬更好哩。（众开棺，正末看，跌倒科，唱）

【挂金索】我见他皮壳骷髅，面色儿黄干干浑消瘦。恰便似刀搅我这心肠，痛杀杀难禁受。恨子恨这个月之间，少个人送问候。早知你病在膏肓，我便可舍性命将伊救。

（卜儿云）哥哥，千里之途不曾有信。哥哥，你便怎生知道来？（正末云）您孩儿正在草堂上与第五伦大人谈话，觉一阵昏沉，见兄弟来托一梦，所说身死一事。忽然醒来，乃是一梦。因此上您孩儿星夜前来，俺兄弟先有显应也。（十儿云）这等异事，古今少有。哥哥，你试说一遍咱。（正末唱）

【村里迓鼓】兄弟也，不争你在黄泉埋没，却教我在红尘奔走。想着那世人几个能全德，更几人全寿？可惜你腹中大才，胸中清气，都做了江山之秀。闪的我急急如漏网鱼，呀呀似失群雁，忙忙似丧家狗，（云）只这一梦呵，（唱）不由人不痛心疾首。（卜儿云）除了做梦一节，还有显应么？（正末唱）

【元和令】数日前落长星大似斗，流光射夜如昼，原来是丧贤人地惨共天愁。空余下剑挂尽汝阳城外柳，则这青山一带也白头，满街人雨泪流。（众街坊云）巨卿，上千的人拽不动灵车，谁想有这等灵验。（正末唱）

【上马娇】休道是人一舟，便有那力万牛，百般地拽不动舆车轴。（带云）兄弟，（唱）则你那阴魂耿耿将咱候。志已酬，将你那灵圣暂时收。

（众街坊云）好大风也。（正末唱）

【游四门】疏刺刺阴风吹过冷飕飕，支生生头发似人揪。静悄悄荒林旷野申时候，昏惨惨落日坠城头，早乱纷纷寒雁下汀洲。

【胜葫芦】都做了野草闲花满地愁，你为甚不肯上坟丘？枉教那一二千人都落后。这的是谁新谁旧，谁薄谁厚？（带云）兄弟也，（唱）不能够相守到白头。（云）再将酒来，我与兄弟浇奠咱。（唱）

【后庭花】祭酒奠到五六斗，挽诗吟到十数首，可惜耗散了风云气，深埋了经济手。咱两个论交游，不在诸人之右。播声名横宇宙，吐虹霓贯斗牛，卧白云商岭头，钓西风渭水秋，笑严光傲许由，到如今一笔勾。

（云）兄弟，你今日下葬呵。（唱）

【青哥儿】虽不曾功名成就，早已将世情参透，觑的个一介寒儒过如万户侯，既今日归休，人死不终留，咱意气相投，你知我心忧。来岁到神州，将高节清修，向白玉阶前拜冕旒，我与你叮咛奏。

【柳叶儿】呀，似这般光前裕后，一灵儿可也知否?（云）兄弟?你若有灵圣，跟您哥哥到坟头去来；若无灵圣，只似这般拽不动者。（做拽灵车科，唱）我亲身自把灵车扣，（众街坊云）异事，你看灵车行动了也。（正末唱）一来是神明祐，二来是鬼推轴，（云）兄弟跟我来，跟我来。（唱）我与你扢刺刺直拽到坟头。（众街坊云）可早来这坟院中，埋了这棺椁，一壁厢掩土，烧纸。（做葬科，卜儿云）下了葬了。停当了也。哥哥，咱和你回去采。（正末唱）

【醋葫芦】母亲你伴魂幡即便回，婶子共侄儿休落后。（谢辞众科，唱）我这里谢相识亲友省僝愁，我今夜只伴着衰草白杨札这坟院宿。（众街坊云）巨卿，他的亲眷都家去了，你没来由倒在这里歇。（正末云）我不为别的，（唱）自恨我奔丧来后，又不是沽名吊誉没来山。

（卜儿云）哥哥，你三昼夜不曾歇息，你若不回家去呵，老身也不回去。（正末唱）

【幺篇】待不去呵逆不过这老母情。（云）着兄弟说，不甫能盼得你来，守不的我一夜?（唱）待去呵我又怕应不得兄弟门。想着俺那对寒窗风雨儿春秋，则落得墓门前一杯浇奠酒。从今别后，要相逢则除是枕席间梦黄昏，鸡报晓五更头。

（众街坊云）巨卿，咱且回去，改日再来。（正末云）众位你不知，元伯在坟院中，一年四季，怎生捱这等凄楚?（众街坊云）他是个死人，这一年四季，晓得甚么凄凉?（正末唱）

【幺篇】到春来怎听那杜鹃啼山月晓？到夏来怎禁那乱蝉声暮雨收？到秋来怎听那寒蛩啾唧泣清秋？到冬来你看那寒鸦万点都在老树头。这几般儿经年依旧，漫漫长夜几时休。

（众街坊云）巨卿，天色晚了也，咱回去来。（正末唱）

【高过浪来里】则被你材章、子徵将我紧追逐，并不曾厮离了左右。今日不得已且随众还家，到来日绝早到坟头。道是我与你庐墓丁忧，这一片心虽过当果无虚谬。更那堪朔风草木偃，落日虎狼愁。觑了这四野田畴，三尺荒丘，魂魄悠悠，谁问谁瞅，（带云）兄弟，（唱）空着我欲去也伤心再回首。

（卜儿云）巨卿，我岂知元伯孩儿撇了老身并媳妇儿先去了也！（正末唱）

【随调煞】可怜朱颜妻未老，青春子年幼，撇下个白头老母正堪忧。眼中泪和我心上愁，这两般儿合辏做一江春水向东流。（同下）

第四折

（第五伦领祗从上，云）小官第五伦。自从范巨卿与张元伯奔丧去了，我随着人打听，果有此事。他如今观在坟院中栽松种柏，筑垒坟墙，早已百日有余也。老夫在圣人前奏过，言巨卿至仁至德，古今无比，就着老夫将头踏伞盖，皇宣丹诏，直至汝阳元伯坟内，征聘此人临朝，加官赐赏。又着老夫顺带玄纁丹诏，随路有高才大德，即便举入朝中重用。老夫既奉朝命，不敢久停久住，直至汝阳征聘巨卿，走一遭去来。（下）（正末上，云）目从元伯亡过，小生在这坟院中栽松种柏，垒墓修坟，却早过了百日光景。（诗云）元伯萧然一命亡，有才无寿两堪伤。妻夫镜里鸾孤影，朋友丛中雁失行。三尺素丝书姓字，一堆黄土盖文章。晚来不敢高声哭，只恐猿闻也断肠。（唱）

【中吕】【粉碟儿】直哭得山月苍苍，野猿啼老松枝上，满郊祠风卷白杨。吊英魂，歌楚些，不胜悲怆。若不是筑室居丧，枉惹得黄泉下故人失望。

【醉春风】我只待垒高冢卧麒麟，栽长松引凤凰。（云）人都道自古及今，那得兄弟庐墓礼来？（唱）这死生交金石友至减心，怎道的谎，慌。今日个浮丘，有朝得志，我将你恁时改葬。

【红绣鞋】我若是为宰为卿为相，（带云）元伯也，（唱）我与你立石人石虎石羊。撇下个九岁子四旬妻八十娘，另巍巍分一宅小院，高耸耸盖一座萱堂。我情愿奉晨昏亲侍养。

（第五伦躧马儿引祗从孔仲山上，云）老夫第五伦是也。奉圣人的命，

与范巨卿加官赐赏。说话中间，可早来到也。令人，接了马者。（正末云）只见远远的一簇人马来到这坟前，不知为何？（唱）

【石榴花】我则见荡晨光一道驿尘黄，闹吵吵人马扣坟墙。（做见五伦科，唱）我这里曲躬躬叉手问端详，（第五伦云）奉圣人的命，采访贤士来。（正末唱）道当今圣上访问贤良。（第五伦云）贤士接了宣诏者。（正末唱）听的道接皇宣唬的我魂飘荡。（第五伦云）快脱了丧服。（正末唱）脱丧服手脚张狂。（第五伦云）昔日文王访太公于磻溪，立周朝之政。贤士比太公何别？（正末唱）我又不曾映斜阳垂约磻溪上，怎生坟院里遇着文王。

（第五伦云）贤士，今日加官赐赏，便好道峥嵘有日，奋发有时。（正末唱）

【斗鹌鹑】人都道我暮景桑榆，合有些峥嵘气象，可正是乐极悲生，今日个泰来否往。（第五伦云）为你在此筑垒坟墙，栽松种柏，百日有余，小官奏知圣人，特来宣命。（正末唱）垒筑了这五六板坟墙，奏与帝王，又不曾学傅说作辑为霖，误陛下眠思梦想。（第五伦云）贤士不可迟延怠慢，便索临朝，同见圣人去来。（正末唱）

【上小楼】过举他门下侍郎。落保了也朝中宰相。（第五伦云）因贤士高才大德，举荐为官。（正末唱）有甚么孝廉方正，德行才能，政事文章？（第五伦云）若得贤士为官，黎民有望也。（正末唱）怎消的一方之地，百万生灵，将咱倚仗？（第五伦云）贤士，您有尹铎之才，当以重用。（正末唱）我又无尹铎才怎生保障？

（第五伦云）请贤士上马。（正末云）念吾弟威灵可表。范式丹诚，本来庐墓。但朝廷有诏，礼不容违。苟得志于朝，必不使吾弟湮灭九泉之下。（做辞墓科）（第五伦云）祇从人摆开头踏，慢慢地行。（孔仲山喝云）避路。（正末唱）

【幺篇】列旌旗一望中，摆头踏半里长。我则见马前虞候，志气昂昂，状貌堂堂。问姓名，是故人，别来无恙？（云）那喝道的敢是孔仲山么？（孔仲山云）然也。（正末惊问，云）呀，兄弟，你怎做马前一卒？（孔仲山云）

因为王韬赖了我万言长策，所以不能为官。您兄弟该当马前虞候的身役。哥哥，您请稳便。（正末唱）我怎敢恰为官贵人多忘。

（第五伦云）贤士，他是何人？（正末云）相公不知，此人是孔宣圣一十七代贤孙孔仲山是也。这秀才文章胜在下十倍，被判院门下女婿王韬赖了他万言长策，以此不能为官。（第五伦云）便着人拿王韬来，我奏知圣人，依律重责。贤士，想王韬这厮，则待闭塞贤门，情理可恶。（正末云）相公，据孔仲山之才，当以重用。（第五伦云）既然贤士说孔仲山才德过人，小官顺带有玄纁丹诏在此，就着孔仲山受了宣诏，俺三人一同上马，见圣人去来。（正末云）既如此，贤弟你可脱了衣服，换了朝章者。（孔仲山做换衣服科）（正末唱）

【十二月】忙换了麻衣布裳，便穿上束带朝章。拜受了玄纁一箱，跪听了丹诏十行。（第五伦云）孔仲山，您望阙谢了圣人的恩者。（正末唱）面朝着东都洛阳，三舞蹈顿首减惶。

【尧民歌】多谢你荆州太守汉循良，举荐我布衣芒屩到朝堂。死生交端不比孙庞，清廉吏须当效龚黄。行藏，行藏，暗酌量，也不足咱虚谦让。（第五伦云）范巨卿，为你高才大德，信义双全，老夫奉圣人的命，与贤士加官赐赏。（正末唱）

【耍孩儿】愧微臣敕赐加官赏，（带云）只是张劭呵，（唱）他未沾恩我岂敢承当。念生平籍贯在山阳，幼年间父母双亡，三公若是无伊吕，四海谁知有范张？（第五伦云）那张劭的才能德行，比你如何？（正末唱）臣比张劭无名望，张劭德重如曾、颜、闵、冉，才高似贾、马、班、杨。

（第五伦云）张劭有多大年纪了？（正末唱）

【二煞】犬马年虽是长，论学问他更强，私心愿奉为宗匠。想汉朝岂无良史书名姓，众文武自有傍人话短长，臣举孔仲山可作头厅相。（第五伦云）那孔嵩比你如何？（正末唱）似臣呵常人有数，论此人国士无双。

（第五伦云）虽然无了张元伯，可得了孔仲山，却正是得一贤，失一贤。（正末唱）

【一煞】虽然是得一贤失一贤，(孔仲山云)可惜无了元伯哥哥。(正末唱)您也何须的涕两行泪两行，得蜀望陇休多想。(带云)死了元伯呵(唱)恰便似扢折了千寻白玉擎大柱，(带云)用了孔仲山呵(唱)赔与你个万丈黄金架海梁。岂不闻晏平仲为齐相，乘车人忧心悄悄，倒是御车吏壮志扬扬。

(第五伦云)令人，与我拿的王韬安在?(祗候拿王仲略上，云)禀爷，拿的王韬到了也。当面!(王仲略不肯跪科，祗从云)你怎么不跪?(王仲略云)寿不压职。也罢也罢，我跪着。(第五伦云)兀那王韬！你怎敢混赖了孔仲山万言长策?(王仲略云)您这个老大人差了，我若不赖他的文章，我可怎么能够做官，便总甲我也不得做。(第五伦云)您等俱望阙跪者，听圣人的命。(断云)圣天子思求良辅，下弓旌广开贤路。何止是聘及山林，但闻名不遗丘墓。汝阳郡张劭虽亡，有范式亟称其素，可遥封翰院编修，赐母妻并沾荣禄。遗弱息君章、子徵，可即授陈留主簿。范式拜御史中丞，其孔嵩尚书吏部。王仲略诈冒为官，杖一百终身废锢。见天恩浩荡无私，与群臣相安举错。(正末等做谢恩科，唱)

【煞尾】我为甚觑功名不在心，也则念穷交不忍忘，因此乞天恩先到泉台上，才留的这鸡黍深盟与那后人讲。

题目：义烈传子母褒扬

正名：死生交范张鸡黍

【第二则】杂剧·严子陵垂钓七里滩

【导读】《严子陵垂钓七里滩》，也称《钓鱼台》，或作《七里滩》。剧中描写汉代严光(字子陵)，鄙弃功名，隐居富阳，经常垂钓于富春山畔七里滩。王莽篡汉后，消灭屠杀汉室宗族。刘秀改名金和，潜藏于严光之家，才幸免于难。刘秀做皇帝以后，曾多次征召严光入朝。严光不慕富贵，仍在七里滩垂钓，甘心过闲淡的隐士生活。剧中既歌颂了严光不慕荣利，鄙视功名的精神，又表现出“隐居乐道”的消极避世思想。

第一折

某姓严名光，字子陵，本贯会稽严州人也。自幼年好游玩江湖，即今在南阳富春山畔七里滩，钓鱼为生。方今王新室在位，为君一十七年，灭汉宗一万五千七百余口，绝刘后患，天下把这姓刘的捉拿。有一人春陵乡白水村姓刘，名秀，字文叔。不敢呼为刘文叔，改名为金和秀才。他常从我为兄相待，近日在下村李二公庄上，闲攀话饮酒。想汉朝以来。

【仙吕】【点绛唇】开创高皇，上天责降，萧丞相、韩信、张良。自平帝生王莽。

【混江龙】自从夏桀将禹丧，独夫殷纣灭成汤。丕显立吊民伐罪，丕承立守绪成王。刚四十垂拱严郎朝彩凤，弟五辈巡狩湘流中淹杀昭王。自开基起运，立国安邦，运筹帏幄，竭力疆场。百十万阵，三五千场，满身矢簇，遍体金疮，尸横草野，鸦啄人肠。未曾立两行墨迹在史书中，却早卧一丘新土在芒山上。咱人这富贵如蜗牛角半痕涎沫，功名似飞萤尾一点光芒。

【油葫芦】刘文叔相期何故爽？一会家白暗想，怎生来今日晚了时光？他则在鱼州揽住收罾网。酒旗摇处沽村酿，畅情时酌一壶，开怀时饮几觞。知他是暮年间身死中年间丧，醉不到三万六千场。

【天下乐】则愿的王新室官家寿命长。我这里斟量，有个意况。体乾坤姓正的由他姓王。他夺厂呵夺汉朝，篡了呵篡了汉邦，到与俺闲人每留下醉乡。

【那吒令】则咱这醉眼觑世界，不悠悠荡荡。则咱这醉眼觑日月，不来来往往。则咱这醉眼觑富贵，不劳劳穰穰。咱醉眼宽似沧海中，咱醉眼竟高似青霄上，咱醉眼不识个宇宙洪荒。

【鹊踏枝】他笑咱唱得来不依腔，舞得来煞颠狂，俺不比您名皱定眉儿别是天堂。富汉每喝菜汤穿粗衣朴裳，有一日泼家私似狗令羊肠。

【寄生草】我比他吃茶饭知个饥饱，我比他穿衣服知个暖凉。酒添的神气能荣旺，饭装的皮袋偏肥胖，衣穿的寒暑难侵傍。看谁人省悟是谁痴，怕不凤凰飞在梧桐上。

【六幺序】您将他称赏，把他赞奖。那厮则是火避苛虎，当道豺狼。咱人但晓三章，但识斟量，忠孝贤良，但似严光，怎肯受王新室紫绶金章？时史令鬼眼通身眼，有多少马壮人强，改年建号时间旺，夺了刘家朝典，夺了汉世封疆。

【幺篇】遍端详，那厮模样，休紧休忙。等那苍穹，到那时光，汉室忠良，议论商量。引领刀枪，撞入门墙，拖下龙床，脱了衣裳，木驴牵将，闹市云阳，手脚舒长，六道长丁钉上。咱大家看一场。不争你动起刀枪，天下荒荒，正应道龙门鱼伤，尽乾坤一片青罗网。咱人逃出大纛高张，您汉家枝叶合兴旺，见放着天天摧地搭，国破家亡。

【后庭花】你道我瓦盆儿丑看相，磁瓯儿少意况。强如这惹祸患黄金盏，招灾殃碧玉觞。玉斝内饮琼浆，耳边傍音嘹亮，绛纱笼银烛光。列金钗十二行，裙摇的琼珮响，步金莲罗袜香。娇滴滴宫样妆，玉纤纤手内将。黄金盏盏面上，关埋伏闹隐藏。

【青哥儿】那里面暗隐着风波、风波千丈，你说波使磁瓯的有甚灾伤？我醉了呵东倒西歪尽不妨。我若烂醉在村乡，着李二公扶将到茅舍茅堂。靠瓮牖蓬窗，新苇席清凉，旧木枕边厢，袒脱下衣裳，放散诞心肠，任百事无妨。倒大来免虑忘忧，纳被蒙头，任意翻身。强如您宰相侯王，遭断没属官象牙床，泥金坑。

【赚煞尾】平地上窝弓，水面上张罗，扯扭谁想村寻相访？鸿鹄志飞腾天一方，拣深山旷野潜藏。莫行唐，蓦岭登岗，拽着个钝木斧、击着条系麻绳、携着条旧担杖。我则待驾孤舟荡漾，趁五湖烟浪，望七里滩头、轻舟短棹、箬笠纶竿，一钩香饵钓斜阳。

第二折

【越调】【斗鹌鹑】我把这蔓笠做交游，簑衣为伴侣，这蔓笠避了些冷雾寒烟，簑衣遮了些斜风细雨。看红鸳戏波面千层，喜白鹭顶风丝一缕。白日坐一襟芳草裀，晚来宿中间茅苫屋。想从前错怨天公，甚也有安排我处。

【紫花儿】您道我不达时务，我是个避世严陵，钓儿尾漏网的游鱼。怎禁四蹄玉兔，三足金乌。仔细踌躇，观了些成败兴亡阅了些今古，浪淘尽千古风流人物。昨日个虎踞在咸阳，今日早鹿走姑苏。

【金蕉叶】七里滩从来是祖居，十辈儿不知祸福。常绕定滩头景物，我若是不做官一世儿平生愿足。

【调笑令】巴到日暮，看天隅，见隐隐残霞三四缕。钓的这锦鳞来满向篮中贮，正是收纶罢钓渔父。那的是江上晚来堪画处，抖擞着绿蓑归去。

【鬼三台】休停住，疾回去，不去呵枉惹的我讹言讹语。回奏与您汉銮舆，休着俺闲人受苦。皂朝靴紧行拘我二足，纱幞头带着掐我额颅。我手执的是斑竹纶竿，谁秉得你花纹象笏？

【秃厮儿】您那有荣辱襕袍靴笏，不如俺无拘束新酒活鱼，青山绿水开画图。玉带上挂金负，都是嚣虚。

【圣药王】我在这水国居，乐有余。你问我弃高官不做待闲居。重呵止不过请些俸禄，轻呵但抹着灭了九族。不用一封天子诏贤书，回去也不是护身符。

【麻郎儿】我尽说与你肺腹，我共您銮舆，俺两个常绕着南刚酒卢，醉酩酊不能家去。

【幺篇】俺是酒徒醉余睡处，又无甚花毡绣褥。我布袍袖将他盖覆，常与我席头儿多处。

【络丝娘】倒两个醉廛市同眠抵足，我怎去他手里三叩头扬尘拜舞？我说来的言词你寄将去，休忘了我一句。

【尾】说与你刘文叔，有分付处别处分付。我不做官呵，有甚么没发付您那襕袍靴笏？我则知十年前共饮的旧知交，谁认的甚么中兴汉光武！

第三折

自从与刘文叔酌别之后，又经十年光景。他如今做了中兴皇帝，宣命我两三次，我不肯做官。您不知国家兴废！汉家公卿笑子陵，子陵还笑汉公卿。一竿七里滩头竹，钓出千秋万古名。云山苍苍，江水泱泱，贫道之风，山高水长。主人宣命我两次三回，我不肯去。则做那布衣之交，时作一书来请命我。好一个圣明的皇帝，能昭千叶为之光，克除祸乱为之武。休说君臣相待，则做个朋友相看，也索礼当一贺。

【正宫】【端正好】高祖般性宽洪，义帝般心明圣，可知汉业中兴。为我不从丹诏修书请，更道违宣命。

【滚绣球】严子陵，莫不忒煞逞？我是个道人家动不如静。休！休！我今番索通个人情，便索登，远路程，怎禁他礼节相敬，岂辞劳鞍马前行。不免的手攀明月来天阙，我则索袖挽清风入帝京，怎得消停。

【倘秀才】来了我呵鸥鹭在滩头失惊，不见我呵渔父在矶台漫等。来了我呵钓台上青苔即渐生。这期间柴门静悄悄，茅舍冷清清，料应！

【滚绣球】柴门知他扃也不扃？人笑却足应也那不应？荒疏了俺那柳阴花径，有宾朋来呵准人出户相迎？到初更酒半醒，猛想起故园景，忽然感怀诗兴，对蓬窗斜月似挑灯。香馥馥暗香浮动梅摇影。疏剌剌翠色相交竹弄声，感旧伤情。

【倘秀才】见旗帜上月华日精，唬的些居民从速风迸，呈百般的下路潜藏无掩映。不知您，帝王情，是怎生。

【滚绣球】折銮驾却是应也不应？布民人却是惊也不惊？更做道一人有庆，汉君王真恁地将銮驾别无处施呈。他出郭迎，俺旧伴等，待刚来我跟前显耀他帝王的权柄，和俺钓鱼人莫不两国相争。齐臻臻戈殳镫棒当头摆，明晃晃武士金瓜夹路行，我怎敢冲撞朝廷。

【倘秀才】他往常穿一领粗布袍被我常扯的扁襟旦领，他如今穿着领柘黄袍我若是轻抹着该多大来罪名。我则似那草店上相逢时那个身命，便和您，叙交情，做听那伴等。

【滚绣球】投至得帝业兴，家业成，四边平静，经了几千场虎斗龙争。则为我交契情，我费打听，到处里曾问遍庶民百姓，最显的是暮秋霜气岩凝。都说你须知复汉功臣力，不及泥田一片冰，端的是鬼怕神惊。

【脱布衫】则为你般调人两字功名，躯荣人半世浮生。一个楚霸王拔山举鼎，乌江岸剑抹了咽颈。

【小梁州】都则为耻向东吴再起兵，那期间也汉高祖功成。道贼王莽篡了龙廷，有真命，文叔再中兴。

【幺篇】贫道暗暗心内自思省，建武十三年八月期程，王新室有百万兵，困你在昆阳阵。那期间醉魂也半轮明月，觉来时，依旧照茅亭。

【耍孩儿】自古兴亡成败皆前定，若是你不患难如何得太平？自从祖公公昔日陷彭城，真乃是死里逃生。不龙吟怎得真龙显？不发黑如何得晓日明？虽然你心明圣，若不是云台上英雄并力，你独自个孤掌难鸣。

【煞】为民的乐业在家内居，为农的欣然在垄上耕。从你为君，社稷安，盗贼息，狼烟静。九层春露都恩到，两鬓秋霜何星星？百姓每家家庆，庆道是民安国泰，法正官清。

【三】休将闲事争提，莫将席面冷，磁瓯瓦钵似南阳兴。若相逢个饮空归去，我怕听阳关第四声。你把这瓮内酒休教剩，我若不令十分酩酊，怎解咱数载离情。

【四】你也不是我的君，我也不是你的卿，咱两个一樽酒罢先言定。若你万圣主今夜还得去，我便七里滩途程来日登。又不曾更了名姓，你则是十年前沽酒刘秀，我则是七卫滩垂钓的严陵。

【尾】您每朝聚九卿，你须当起五更，去得迟呵着那两班文武在丹墀候等。俺出家来纳被蒙头，黑甜一枕，直睡到红日三竿犹兀自唤不的我醒。（下）

第四折

则想在昨却外相见之后，便指望便回俺那七里滩去天。不想今日又请我做拂尘筵席。

【双调】【新水令】屈恙着野人心直宣的我入宫来，笑刘文叔我似前是何相待。待刚来则是矜夸些金暇宁，显耀些玉楼台，末过足玉殿金阶。我住的草舍茅斋。比您不曾差犬役着万民羞。

【乔牌儿】辇路傍啄绿苔，猛然间那惊怪，原来是七里滩朱顶仙鹤在碧云间将雪翅开，他直飞到皇宫探我来。他为甚还闷在阑干外？是不是我的仙鹤？若是我的呵，则不肯来。和他那献果木猿猱也到来。我山野的心常布。俺那里水似蓝山如黛，不由我见景生情，睹物伤怀。俺那七里滩好多好景致：麋鹿衔花，野猿献果。天灯自见，乌鹊报晓，禽有禽言，兽有兽语。

【滴滴金】俺那里是猿猱会插手，仙鹤展翅，把人情都解，非浊骨与凡胎。我在绿柳堤边。红蓼滩头，白蘋洲外，这其间鸥鹭疑猜。

【折桂令】疑猜我在钓鱼滩醉倒来回来，俺出家儿散诞心肠，放浪形骸。我把您上下君臣，非是严光，把您花白。为君的紧打并吞伏四海，为臣的紧铺劳日转千阶。我说与您听，我不人才。有那等不染尘埃，不识兴衰，靠岭偎崖，撒网担柴，寻觅将来，则那的便是人才。敢也不敢？中也不中？我问你咱。

【乔牌儿】脚紧抬脚慢抬，一层迈两层迈上金阶。宫女将我忙从策，把严陵来休怪责。

【殿前欢】扶策的我步瑶阶，心怀七里濉钓鱼台。醉醺醺跳出龙门外，似草店上般东倒西歪，把我脑�榨的抢将下米。这殿阁初兴盖，您君臣斗要夸胸大，大古里是茅茨不剪，三尺台阶。

倘或间失手打破这盏儿呀，家里有几个七里滩赔得过？

【水仙子】我这里轻揎袍袖手舒开，满饮琼浆款落台。饮罢时放的稳忙加额，比俺那使磁瓯奸好不自在，怎如咱草店上倒开怀。不想阒是祸患，不知阒足利害，畅好拘束人也玳则筵歼。

【落梅风】我在江村里住，肚皮里饥上来，俺则有油盐和的半盏野菜。食鱼羹稻饭几曾卓器摆，几曾这般区区将将大惊小怪。

我则待回七里滩去。

【离亭宴煞】九经三史文书册，压着一千场国破山河改。富贵荣华，草芥尘埃。唱道禄重官高，阗是祸害，凤阁龙楼，包着成败。您那里是舜殿尧阶，严光则是跳出了十万丈风波是非海。

题目：刘文叔醉隐三家店

正名：严子陵垂钓七里滩

（资料来源：《元曲大全》《濮阳县志》）

第六卷

明朝诗词

（上卷）

一、王崇庆

【作者简介】王崇庆（1484—1565），字德徵。明大名府开州（今河南濮阳）人，祖居濮阳胡状一带。武正德三年进士，官至南京吏部尚书、礼部尚书，赠太子少保。著有《周易议卦》《五经心义》《海樵子》《山海经释义》。

1 杏花冈铭（四言诗）

瞻彼清河，有巍其冈。
条风习习，河水洋洋。
我昔登眺，尝咏壶觞。
日月几何？盛衰靡常。
厥草无茂，厥木无香。
彼昏何知？敢肆猩狂。
烧琴煮鹤，古有戒章。
并告地灵，庶几护防。

2 长乐亭（七绝）

风流刺史一闲人，长乐亭虚照水滨。
但使忧民能白发，不妨弦管度青春。

3 怀龙祠乡社二首（七绝）

其一

东望龙堂十八郎，古堤杨柳隔云庄。
可怜往事俱尘土，依旧开州是濮阳。

其二

乡社龙堂亦可哀，前朝香火属嵩莱。
而今俗化归尧舜，清庙真寻梁栋才。

4 澶渊怀古（五律）

心忆真宗事，天开寇准城。
巡游殊浪迹，战斗耻要盟。
野树孤村迥，长堤万里平。
登临有余兴，慷慨一含情。

5 望西湖（五律）

湖水明寒草，朝烟细戍楼。
行藏开病眼，活计有沙鸥。
戎虏长安泪，渔樵今日游。
徘徊千古意，落日未应休。

6 重修莲池（五古）

【题序】山池俱在学后，岁久且复湮塞。今年乙未仲春，喜同知徐升远重加修鉴。嘉其知所先务，诗以纪之。

巍巍素王宫，遥起鸡鸣山。
蒙泉开碧流，鱼鸟从其间。
上有乔年木，下有贤士关。
白云动寒影，翠草迷沙斑。
春来复秋去，颓塞伤容颜。
牧童暨樵竖，时复相往还。
景行者谁子，叹息悲重湾。
锦江徐别驾，佐郡能摧顽。
一朝事修鉴，瞻者为改观。
作诗纪成绩，相继期人寰。

7 悼俗三首（五律）

其一

【题序】元夜后一日，郡俗男女出游，各信所之，谓之走百病。恐不独吾澶而也。予且病焉，为赋是诗。

皇风日已远，浇俗何其昌？
初春动微和，灯月交辉煌。
六街杂丝竹，万户同梳妆。
男女一何逞，习染成乖张。
纷纷竞游戏，歧路填冠裳。
人生赋正命，病疾疗有方。
生死苟可脱，谬说真荒唐。
感兹三叹息，或笑予言狂。

其二

【题序】郡之旧俗，敦庞不妄是非人，予尚及见之。近岁来，习于腾口，转相造谤。有如自然。而小夫憸人，方以是为私忿之快。予悼其不可为训也。

全德乃尧舜，万古谁可方。
嗟彼浮薄徒，腾口为雌黄。
风波生坦途，白黑谁为量。
市虎不可见，投杼不可忘。
伏波负明珠，三闾沉清湘。
哀哉古贤达，千载名益彰。
信谗独何人，简编流凄凉。
寄言忍心子，历视青蝇章。

其三

【题序】人之生死有命，谁可得而短长之？故爱欲其生，恶欲其死，仲尼以为惑也。嗟乎！愚者蔽而莫察，吾无怪矣，达人乃亦不之辩，何与？予疾其无谓甚也。

生民信有命，谁短谁可长。
何彼险者流，爱憎独乖常。
堂堂伟男子，信口称渠亡。
侃侃烈丈夫，于汝岂不光。
顷之伪寻定，徒劳一何忙。
人也自遐年，浪说何能伤。
纷纷慨眼底，千载稀淳良。
安得孔孟起，再扫尘粃糠。

二、阎禹锡

【作者简介】阎禹锡(1426—1476),字子与,明洛阳(今河南洛阳)人,代宗景泰年间举人。历任开州(今河南濮阳)训导,后转任御史,督畿内学政。著有《自信集》《晦庵要语》《二程全集》《河汾诗文》。

戚城(七律)

孤城拂雾势峥嵘,此日登临雨乍晴。
万叠燕山皆北拱,一湾澶水自东萦。
玉盘两设王纲歇,杂帛三张伯气倾。
系马垂杨春正好,苔盈雉堞鸟嘤嘤。

【注释】戚城:在州北王合里,距城七里。《春秋》:文公元年公孙敖会晋侯于戚。

三、蔡 澄

【作者简介】蔡澄，生卒年月不详，监生，明华阳（今陕西华阳）人，洪武二十五年任开州（今河南濮阳）训导。

清河渔唱（七律）

占断清河事钓舟，不干名利往来游。
西风芦渚闲中韵，春雨芳洲醉里讴。
欸乃数声江月白，凄清一曲海天秋。
烟波莫道稀人迹，自信忘机看白鸥。

四、俞善

【作者简介】俞善，生卒年月不详，明金陵（今江苏南京）人，洪武年间曾任开州（今河南濮阳）学正。修撰郡志。

洪洋积翠（七律）

雨过遥岑翠欲流，嵯峨凝秀镇澶州。
风松摇绿千层耸，烟草分青一径幽。
春色迥迷黄鸟集，黛光高映碧天浮。
乘闲几度留连赏，醉里题诗记胜游。

五、刘 矩

【作者简介】刘矩，生卒年月不详，字仲方，明开州(今河南濮阳)人。进士。永乐年间榜眼，授翰林院编修，迁修撰。

1 西湖秋水(七律)

微茫烟草接长堤，秋水溶溶绿染衣。
月映澄光侵岸阔，天连碧影见尘稀。
兰桡晚驾渔归棹，木叶寒浮鸟向飞。
试听涛声清入骨，顿令心地欲归依。

2 送王医官归澶渊(七律)

数载相逢老故知，京华今见鬓成丝。
九重宫阙承恩处，千里澶渊赴任时。
沧海月明波渺渺，戚城烟尽树离离。
到家如遇吾亲问，朝退瞻云日有思。

六、甘泽

【作者简介】甘泽，生卒年月不详，号东间，明开州(今河南濮阳)人，英宗正统年间进士。官至监察御史、广西按察副使。

御井甘泉(七律)

百千戎虏犯中原，十万王师拥至尊。
调膳当年资玉鼎，烹葵此日到蓬门。
穹碑尚有回銮字，大路都无过辇痕。
一自君臣南去后，月明花落几黄昏。

七、王 莹

【作者简介】王莹，生卒年月不详，字汝洁，明山阳县（今陕西山阳）人。孝宗弘治年间任开州（今河南濮阳）知州、南京员外郎，又升知府。

郡守送郡人王纶诗（七律）

与君同第复同宗，骨肉情深管鲍空。
常熟屈君三载外，澶渊劳我四年中。
红亭送别难为别，宦海收功始见功。
臣子竭忠今日事，相期勠力报重瞳。

【注释】王纶，生卒年月不详，明开州（今河南濮阳）人。

八、刘 玉

【作者简介】刘玉，字咸栗，明江西万安（今江西万安）人。弘治九年进士。帀官知辉县、开州（今河南濮阳）柱史、监察御史、河南佥事、刑部左、右侍郎等。隆庆初年，赠刑部尚书，谥端毅。博通载籍。著有《执斋集》。

澶渊道中（七律）

急雨初晴不动泥，古河新水欲平堤。
过桥骢马翩翩去，绕树娇莺恰恰啼。
茅屋烟横炊渐熟，谷田锄净秀将齐。
清时谬忝观风使，赖有丰年入品题。

九、王 纶

【作者简介】王纶，生卒年月不详，明开州（今河南濮阳）人。进士。历任常熟知县、平阴县令、衢州判官等。著有《壁经破义》《渐斋稿》。

重过清河（七律）

长堤草树接平沙，何幸重过处士家。
岂独苍颜惊岁老，还当红日忆京华。
茫茫旧迹皆春梦，忽忽穷愁入暮鸦。
只尺寒江动孤棹，三衢明日即天涯。

十、杜 琮

【作者简介】杜琮，生卒年月不详，明开州（今河南濮阳）人。贡士。武宗正德年间任开州（今河南濮阳）教谕、绩溪训导。

怀澶州之故旧（七律）

满庭芳草易黄昏，杨柳依依绿映门。
客路艰难空自惜，遗经终始共谁论。
花前白酒倾云液，别后秋霜点鬓根。
何日真寻尘外迹，应须骑马到沙村。

十一、王　野

【作者简介】王野，生平事迹不详，明开州（今河南濮阳）人，武宗正德年间人，王崇庆长子。

1　望重华台（五律）

重华人去远，犹及见荒台。
落日鸟空度，春风花自开。
明堂无警哔，辇路有苍苔。
往迹凭谁语，含情一动哀。

2　怀濮阳县（五律）

帝国传来久，纷纷名号张。
顿丘悲有晋，澶水忆初唐。
城市原非变，人心自不常。
虚檐询旧事，俯仰激中肠。

3　昆吾台（五律）

平郊高垒出，台是古昆吾。
野蝶迷红雨，春风半绿芜。
沙明云自细，天静鸟还孤。
圣代多封祀，蒸尝意敢无。

十二、钱 宏

【作者简介】钱宏，生卒年月不详，明江南(今江苏)人，曾就职开州(今河南濮阳)。

濮阳元夕寺中感怀(七律)

桑麻风土俨江南，南国人来兴最堪。
宦迹十年风拍浪，神心一片月临龛。
新春屈节逢三五，苦海回头有二三。
愿脱宰官依净土，文殊台下扣真忝。

十三、桑溥

【作者简介】桑溥，字汝公，明濮州（今河南濮阳）人。正德九年进士。授雷泽知县，迁华州知府。嘉靖时迁固原镇兵备副使。鞑靼兵入边，溥邀击破之，升浙江按察使。

1 钓台（五律）

我爱庄生达，来寻旧钓台。
荒祠馀瓦砾，断碣长莓苔。
梦蝶穿花去，涂龟曳尾来。
斯人不可见，汀水自潆洄。

【注释】钓台：即庄子垂钓濮水处。

2 榆林道中（五律）

迢递榆关道，西风卷客旌。
寒沙迷古塞，落日下孤城。
水险遮蕃骑，山高列汉营。
君王方偃武，边将莫言兵。

十四、邵世纪

【作者简介】邵世纪，生平事迹不详，明嘉靖年间人，著名诗人。

钓台（七绝）

天机漠漠起澄潭，一派逍遥道可忝。
秋水濠梁鲲欲比，风云指处又图南。

十五、陈忠翰

【作者简介】陈忠翰，字思翊，明濮州（今河南濮阳）人，嘉靖年间进士，曾任刑部郎中。著有《知非子集》《耕余稿》等。

雪夜宴濮上李符卿受光楼（五古）

高楼已奇观，况乃雪夜登。
朔风正凛冽，促膝对短檠。
瞑色暗彤云，四野何冥冥。
一阳回北陆，六花满阶庭。
忽见梅花发，若睹新月明。
东望泮宫水，凝然起层冰。
亭台色自殊，玉杯争为倾。
造物本无私，景物如有情。
不独洗尘缘，此心抑何莹。

【注释】李符卿，即李先芳（1510—1594），字伯承，号北山，明濮州（今河南濮阳）人，乡贤名人。

十六、苏濂

【作者简介】苏濂，字子川，明濮州（今河南濮阳）人，兵部尚书苏祐长子，以荫补鸿胪署丞终府通判。

北山草堂题赠李符卿（五古）

结庐控广野，开径临回溪。
曲池散清澜，列树敷丹荑。
凉飙飒层篽，轻云带遥堤。
喧嚣远城肆，阒寂枕町畦。
悠哉汉阴灌，悠然谷口栖。
菀柳彗寒蝉，丛礤鸣莎鸡。
究奥达津轨，悟道忘荃蹄。
藻思摛春华，烈志凌虹霓。
鹗荐羡弱岁，龙骧怜淖泥。
苣蘅茁绿沚，桃李繁成蹊。
蒹葭诵伊人，考槃钦幽栖。
包荒悯疏劣，采菲傥携提。

【注释】李符卿，即李先芳（1510—1594），字伯承，号北山，明濮州（今河南濮阳）人，乡贤名人。

十七、苏潢

【作者简介】苏潢，号杏石，明濮州（今河南濮阳）人，兵部尚书苏祐之子，官至王府审理。

春日登昆吾台奉怀伯兄白下（五律）

春暮高台上，斜阳坐自凭。
有怀待明月，无梦到金陵。
江水浓于酒，官衙冷似冰。
池塘春草遍，吟赏忆同登。

十八、史褒善

【作者简介】史褒善，字文直，号沱村。明大名府开州（今河南濮阳）人，世宗嘉靖十一年进士。历任国子监博士、南京吏部主事、江西按察副使、河南右布政、佥都御史、大理寺卿。著有《沱村集》。

1 清河渔唱（五古）

洪河抱城曲，一碧自清浅。
隔岸落霞明，素练平与展。
渔父棹秋光，快倩轻云剪。
歌声水西来，宛转临风晚。
天籁洵悠然，幽兴随时遣。
濯缨观凫亭，相对喜清宴。

2 游少林（七律）

偶因行部陟嵩岑，暂驻肩舆访少林。
前代古碑苍藓合，上方精舍白云深。
山腰雨过龙归洞，树杪风清鸟弄音。
一宿顿忘尘俗虑，雅怀浑觉似禅心。

十九、魏允贞

【作者简介】魏允贞（1542—1606），字懋忠，号见泉。明大名府南乐（今河南南乐）人。神宗万历五年进士。历任荆州推官、御史、右佥都御史巡抚山西、右副都御史、兵部右侍郎。谥介肃。著有《魏伯子集》。

濮上留别李符卿（七律）

郊园随处足留连，旭日张筵到暮天。
花竹翠迷双屐外，湖山清对一尊前。
才闻佳句令心醉，转向微才作意怜。
为想陈公堂上榻，南州别去定高悬。

二十、邱东昌

【作者简介】邱东昌，字泗源，明贵州遵义（今贵州遵义）人。万历年间曾任开州（今河南濮阳）知州。

西湖秋水（五古）

迤逦疏帘外，澹沱映秋水。
百顷明琉璃，荡漾长空里。
长空杳无涯，秋水清澈底。
凫雁落平浦，芦荻遍中沚。
瑶碧峙荒津，掩映清沵沵。
一棹任夷犹，谁共鸱夷子。

二十一、阎尔梅

【作者简介】阎尔梅，字用卿，明沛县(今江苏沛县)人。思宗崇祯年间举人，复社领袖。明亡曾举事，后还乡。诗作大多抒发忧国忧民的情怀，格律严谨。声调悲壮苍凉。著有《白耷山人集》。

濮阳哭叶润山(五律)

登高西向哭，云树起边尘。
君子伤其类，故人失所亲。
半生绝婚嫁，遗骨问乡邻。
去矣从先帝，当年逐旧臣。

【注释】叶润山，即叶廷秀，明末濮州人，进士，累官兵部右侍郎。为官清廉正直，人称“叶青天”，反清被害。著有《西曹秋思》《诗谭》。

二十二、郑学醇

【作者简介】郑学醇，字承孟，明广东顺德（今广东顺德）人。穆宗隆庆元年举人。任武缘知县。有《句漏集》。

史记三十六首·其十二《河渠书》（七绝）

河水潺湲瓠子通，宣房堤上作新宫。
千秋梁楚皆平土，长忆玄圭锡禹功。

【注释】瓠子：即瓠子河、瓠子口。宣房：即宣房宫。

二十三、李梦阳

【作者简介】李梦阳（1473—1529），明陕西庆阳（今甘肃庆阳）人，字献吉。进士。历任户部主事、江西提学副使。诗宗杜甫，颇狂放可喜，文则诘屈謷牙，殊少精彩。著有《空同子集》《弘德集》。

瓠子堤诗（五律）

沈璧馀瓠子，横汾怀帝歌。
波涛满眼送，城郭没年多。
虎战仍三晋，龙游失九河。
宋人饶事迹，今望亦滂沱。

二十四、郑善夫

【作者简介】郑善夫(1485—1523),字继之,号少谷,明福建闽县(今福建闽侯)人。进士。历任户部主事、员外郎、南京吏部郎中。工画善诗。著有《少谷集》《经世要谈》。

瓠子河遇叶六(七绝)

草草逢君瓠子河,河水瀼瀼柰君何。
云山涕泪渭城曲,天地争回易水歌。

二十五、王世贞

【作者简介】王世贞（1526—1590），字元美，号凤洲。明太仓（今江苏太仓）人。文学家、藏书家。历官浙江参政、湖广按察使、右副都御使抚治郧阳、南京刑部尚书。著有《弇山堂别集》《嘉靖以来首辅传》。

1 广五子篇其三·濮阳李先芳（五古）

伯承侠者雄，摛词何尔雅。
芙蓉秀浊水，清芬自堪把。
往知在倾盖，携手即中野。
四顾邈无俦，幽怀浩倾写。
行行愉江宰，悒悒谁与解。
讼庭凉飔生，商歌和弥寡。
有志迫未竟，强为时人下。

2 承大司马濮阳苏公惠览诗集率尔有酬二首（七古）

其一

青门耕烟一老臣，黄石赤松先后身。
天书姓名隶琬琰，何足道哉汉麒麟。
自谱游仙度红玉，凤笙云璈宛相属。

犹有军中突厥盐，污他半部清商曲。

其二

苏家五言李少卿，半割汉语归王庭。
昨埽祁连并收得，奚珠错落珊瑚明。
焉支山头湛卢紫，仰划天河赤璘水。
写作人间龙凤鸣，一洗千秋濮中耳。

二十六、王　溱

【作者简介】王溱，字公济，明开州（今河南濮阳）人。正德辛未年进士，除知沁水县，知河东县，擢广西道监察御史，知平阳府，迁盐运使。著有《玉溪诗集》。

1　过澶渊故城有感（七律）

十里荒城策马登，洪洋山下半丘陵。
金人故垒风烟在，宋主行宫草树凝。
沙势几多横陌路，河流一带变沟塍。
声声野鸟竦林外，似对斜阳说废兴。

2　南湖（五律）

野水但荒田，重来路渺然。
沙芦欹带雨，岸柳密浮烟。
避射龙犹骇，惊桡鹭不眠。
临风搔白首，咏浴愧童年。

3　落星寺别蒋南泠（五律）

别意随流水，回船过落星。

湖光侵寺碧，山色入帘青。
鸥鹭驯沙岸，鱼龙骇石汀。
虚堂归兴渺，烟浪晚冥冥。

4 九日登霍山二首（五律）

其一

此日登高会，他乡得胜游。
丹崖一夜雨，碧树万山秋。
落帽怀宁减，传杯语未休。
看云归思渺，对景且迟留。

其二

乾坤开胜概，我辈合登高。
岁月孤鸿迹，云霄双凤毛。
秋光山掩映，雨意境萧骚。
异景仍佳节，踟蹰共浊醪。

5 春日同吕子游王官谷限春寒花迟四韵四首（古风）

其一

中条何逶迤，天柱郁嶙峋。
西指重华都，世远见隐沦。
矫矫司空子，谁能识其真。
高踪耿不灭，并游属早春。
北山有松柏，南山有荆榛。
所托元不偶，孤啸伤心神。

其二

了了亦高士，移家入王官。
流风日已远，邈焉不可干。
清清濯缨水，郁郁采薇山。
人生各有适，所虑非饥寒。
贱者岂皆素，贵者岂皆完。
哲人敦素履，被褐咏考槃。
翛翛双白鹤，凌风起高翰。

其三

仙洞留岩阿，望之阻且赊。
嘉树来孤鹤，幽草抽繁芽。
群山不可招，中怀寄瑶华。
岁月销容颜，譬彼三春花。
人生不努力，衰落同咨嗟。
吕子玉堂仙，昔游怀已嘉。
携我再游衍，白日千峰斜。
大道以为期，吾将卧烟霞。

其四

嘉赏故无倦，春日不肯迟。
翛来下丹梯，散步临前墀。
仰视云汉光，星斗何参差。
俯视瀑布流，双桥回涟漪。
促膝吐衷曲，人事乖所期。
抗手过桥门，飞辔东南驰。
路远石不平，中霄系吾思。

二十七、杨继盛

【作者简介】杨继盛（1516—1555），字仲芳，号椒山。明保定府容城（今河北容城）人。进士。历任南京吏部主事、兵部员外郎、刑部员外郎、兵部武选司等。谥忠愍。工书画。著有《杨椒山集》。

赠史沱村考绩三首（七古）

其一

十月征车辞建业，三山霜叶照离杯。
晴烟千里孤城暮，寒雁三声万壑哀。
水国暮云连渭树，郎官前宿近中台。
阿戎诗礼趋庭后，为道雷门指日开。

其二

一上离亭几度愁，十年尘梦叹沉浮。
悠悠月笛山城夕，漠漠寒云江树秋。
作客南来俱万里，送君北去独孤舟。
他乡应有思归兴，况看征旌出石头。

其三

官阁不传迁转报，红亭厌咏送君诗。
昔乘骏老人犹识，旧泣珠还今始知。
征雁迴随云树没，德星暗逐使旌移。
彤廷久惜南迁客，共听丝纶出凤池。

【注释】史沱村：即史褒善，字文直，号沱村，著有《沱村集》。

二十八、皇甫汸

【作者简介】皇甫汸（1497—1582），字子循，明苏州长洲（今江苏苏州）人。嘉靖八年进士。历任工部主事、开州同知、云南佥事。工诗，尤精书法。著有《百泉子绪论》《解颐新语》《皇甫司勋集》。

1 子约弟使楚被谴会于澶渊（七律）

春风河上驻征骖，河柳初回淑气含。
得罪十年辞汉省，采芳何日下湘潭。
情怜棣萼来相倚，迹似浮云去不堪。
君到梁园好题赋，莫将留滞叹周南。

2 补官澶州行经曲梁作（五言排律）

弱冠陟明庐，腰章宰芳甸。
方齿莅阿奇，希声治单贱。
愧乏操刀长，惧遗制锦谴。
桐弦坐屡鸣，桃花历三见。
北阙忝嘉招，东省参群彦。
牵世值冲飙，徂年倏奔电。
驱驾迈新邦，褰帷经故县。

悲哉丘陇非，怅矣闾井变。
犹烦父老迎，争识使君面。
德汝匪惠心，式歌讵成抃。

3 始至澶州作（五言排律）

自我谢郎曹，揭来守吏局。
塌翼怀奋飞，低眉就羁束。
驱役遵旄丘，兴歌睇淇澳。
愧乏沂海谣，何以左明牧。
幸寡宣城辞，间可理尺牍。
升既等陵乔，沉亦悟陂复。
芳草合江程，清猿伫旋毂。
卫水日东流，因之鉴心曲。

二十九、孙继皋

【作者简介】孙继皋（1550—1610），字以德，明常州府无锡（今江苏无锡）人。万历二年进士第一。除修撰，官至吏部侍郎，卒赠礼部尚书。著有《宗伯集》《柏潭集》。

夜入开州（七律）

王程千里骛行轩，四牡宵驰鼓角昏。
前路旌旗缘树引，满城灯火缀星繁。
风烟魏阙心逾迥，词赋梁园念独存。
自昔侍臣劳采纳，敢将飞传负中原。

三十、徐溥

【作者简介】徐溥（1428—1499），字时用，号谦斋，明宜兴（今江苏宜兴）人。进士。历任编修、吏部侍郎、文渊阁大学士、礼部尚书、首辅、华盖殿大学士等。内阁十二年，从容辅导，爱护人才。卒谥文靖。

送谢伯仪守开州（五言排律）

贤哉三谢后，分命守开州。
卓荦才声重，循良政绩优。
论交当早岁，惜别已深秋。
五马驰官道，双旌指驿楼。
由来今刺史，即是古诸侯。
屈指三霜后，荣迁拜冕旒。

三十一、梁有誉

【作者简介】梁有誉，字公实，号兰汀，明广东顺德（今广东顺德）人。嘉靖二十九年进士，除刑部主事。与李攀龙等结诗社，史称后七子。杜门读书。有诗名。著有《兰汀存稿》。

送皇甫司勋谪开州（五言排律）

重渊产明玑，玄圃蕴奇璞。
君子抗高谊，信矣迈前躅。
摛辞灿国华，矫迹荐朝禄。
凄风倏以飘，江海变凉燠。
空抱长沙悲，谁知郢人曲。
兹马总柔辔，谒帝际明淑。
魏阙承嘉惠，汉畿行佐牧。
我有盈樽酒，将子眺平陆。
亭皋云渐繁，河桥草犹绿。
客涂履澶渊，临流想濠濮。
纡组叹徒劳，川原旷英瞩。
邹枚列彤庭，班杨侍华毂。
淫滞非所嗟，宣室行当复。
辰哉不可违，清徽幸自勖。

三十二、胡俨

【作者简介】胡俨(1361—1443),字若思,明江西南昌(今江西南昌)人。成祖永乐初年荐入翰林,任检讨。累官北京国子监祭酒。任《明太祖实录》《永乐大典》《天下图志》总裁官。兼工书画。著有《颐庵文选》。

过开州(七绝)

空将往事记前闻,独有莱公此策勋。
试问帝丘都不省,残碑只载镇宁军。

三十三、李东阳

【作者简介】李东阳（1447—1516），字宾之，号西涯。湖广茶陵（今湖南茶陵）人，迁籍北京。历官礼部吏部尚书、华盖殿大学士。居相位十五年。谥文正。以宰臣而领袖文坛。其诗开“茶陵派”。著有《怀麓堂集》。

送开州陈同知（七律）

十年尘土暗青袍，作宦今看改鬓毛。
南国才名非汩没，北州民力正烦劳。
贫怜范叔惟尘甑，贵识王祥有佩刀。
春兴不随公事了，绛纱笼月坐挥毫。

三十四、陆　深

【作者简介】陆深（1477—1544），字子渊，号俨山，明松江府上海（今上海）人。进士。授编修，改南京主事，累官四川左布政使，詹事府詹事。卒谥文裕。工书。著有《俨山集》《续集》《外集》。

送何文徵赴开州（七律）

江东文藻竟谁如，新绾铜章左佩鱼。
天上风云元咫尺，兵前草木正萧疏。
烟楼夜绕三刀梦，露冕春行五马车。
便欲修成循吏传，即看名满荐贤书。

三十五、高叔嗣

【作者简介】高叔嗣(1502—1538),字子业,明河南祥符(今河南开封)人。进士。历任工部主事、稽勋郎中、山西左参政、湖广按察使等。少受知李梦阳,与马理、王道切磋文艺。著有《苏门集》。

送别家兄张掖门时谪开州(五律)

垂泣一相送,临途无限情。
功名何物是,流落此心惊。
梦里窥乡树,愁边滞帝城。
终朝谁复语,犹去恋尘缨。

三十六、李攀龙

【作者简介】李攀龙（1514—1570），字于鳞，明历城（今山东济南）人。嘉靖年间进士，历任陕西提学副使、河南按察使。著有《沧溟集》《白雪楼诗集》《古今诗删》《唐诗选》等 。

送皇甫别驾往开州（七律）

衔杯昨日夏云过，愁向燕山送玉珂。
吴下诗名诸弟少，天涯宦迹左迁多。
人家夜雨黎阳树，客渡秋风瓠子河。
自有吕虔刀可赠，开州别驾岂蹉跎。

三十七、徐孟章

【作者简介】徐孟章，生平事迹不详，明嘉靖年间人，事见《古今图书集成》。

花下留别濮阳所知（七律）

残春惜别洛阳花，濮上行吟暮景斜。
万里飘零常作客，十年归去已无家。
星边一剑心徒壮，海上扁舟鬓欲华。
若到衡门翻自笑，依然蓑笠旧生涯。

三十八、于慎行

【作者简介】于慎行（1545—1607），字可远，明山东东阿（今山东东阿）人。历任修撰、日讲官、礼部尚书。谥文定。学问贯穿百家，通晓掌故。有《谷城山馆诗文集》。

濮阳李鸿胪为大父北山先生求铭（七律）

名家阀阅未湮沦，绳武君今列从臣。
司马正当求草日，杜陵犹有乞铭人。
操觚雅解亲文史，委佩应堪侍禁宸。
海内相逢多世旧，休将薄俗浪悲辛。

三十九、宋登春

【作者简介】宋登春，字应元，号海翁，明真定府新河（今河北正定）人。少能诗，善画。嗜酒慕侠，能骑射。著有《鹅池集》《燕石集》。

山中书事寄怀濮阳李北山符卿（七律）

秦汉残书乱不收，笑看双剑倚床头。
岳云南渡凫山晓，海气西连汶水秋。
去楚谁怜和玉泣，卧岩无复贯珠求。
凭高不尽哀歌断，何处逢人问帝丘。

四十、庄 昶

【作者简介】庄昶（1432—1498），字孔旸，明应天府江浦（今江苏南京）人。宪宗成化二年进士。历任翰林检讨、南京行人司副、南京吏部郎中。刻意为诗，而喜用道学语。著有《庄定山集》。

魏尔瞻以濮阳璚之言请予写碑（七律）

南安太守老东坡，天下能书孰敢过。
万里不能携卷去，人间将奈此碑何。
君图茅绍名还久，我笑丰干舌最多。
明日肯随陈太史，墨花台上墨花歌。

四十一、欧大任

【作者简介】欧大任，字祯伯，明广东顺德（今广东顺德）人。嘉靖间由岁贡生官至南京工部郎中。工诗。为“广五子”之一。卒年八十。著有《虞部集》《百粤先贤志》。

寄大司马濮阳苏公（七律）

司马仙班压汉貂，赤松何事早相招。
乞身剑履星辰近，挥手烟霞海岱遥。
镜水已能留贺监，玉关那得老班超。
谁知濮上持竿客，白首勋名在圣朝。

【注释】濮阳苏公：即濮阳兵部尚书苏祐。苏祐（1492—1571），明山东濮州（今河南濮阳）人，字允吉，号谷原。嘉靖五年进士。历任知吴县、广东道御史、兵部侍郎兼都御史、兵部尚书。

四十二、王 恭

【作者简介】王恭，字安中，号皆山樵者，明福建长乐（今福建长乐）人。永乐四年，以荐待诏翰林。年六十余与修《永乐大典》，授翰林院典籍。为闽中十才子之一。著有《白云樵唱集》《草泽狂歌》。

秋夜宴集濮阳别墅（七古）

逸人家住千金水，别墅闲耕濮阳里。
人言此水直千金，尔独丘园厌声利。
莫爱西堂梦草时，羡君亦有好连枝。
河东三凤只如此，田氏一门谁更奇。
荒林野水金沙路，曾是先人旧行处。
满月寒花色自幽，断肠风木声偏苦。
禾黍登场酒复篘，断壶剥枣宴同游。
满堂醉舞多年少，愧我猖狂今白头。
云间片月悬秋汉，遥海星沉夜将半。
感君兄弟苦留人，谓我天明莫分散。

四十三、王弘诲

【作者简介】王弘诲（1542—？），字绍传，明广东琼州定安（今海南定安）人。进士。选庶吉士，官至南京礼部尚书。张居正当国，作《火树篇》《春雪歌》以讽。著有《天池草》《尚友堂稿》。

送梁浮山舍人往濮阳祭葬尚书苏公（七律）

汉主旌忠礼数殊，颁恩远促侍臣车。
风云万里丝纶下，雨露千秋俎豆馀。
徐冢过时留挂剑，茂陵归日上遗书。
伯鸾更拟东游赋，早寄秋鸿到石渠。

【注释】濮阳苏公：即濮阳兵部尚书苏祐。苏祐（1492—1571），明山东濮州（今河南濮阳）人，字允吉，号谷原。嘉靖五年进士。历任知吴县、广东道御史、兵部侍郎兼都御史、兵部尚书。

四十四、黎民表

【作者简介】黎民表，字惟敬，号瑶石山人，明广东从化（今广东从化）人。黄佐弟子。以诗名，亦工书画。嘉靖年间举人。官至河南布政司参议。著有《瑶石山人稿》《养生杂录》《谕后语录》。

送李尚宝伯承弟仲连归濮阳（七古）

李侯芳誉腾青云，更有爱弟能攻文。
担簦远来游上国，历块丰神倾昔闻。
共着斑衣奉慈母，满挹黄封起为寿。
谢庭玉树乃连枝，玄圃灵芝竞三秀。
兄也委身奉明主，弟也翻飞向林薮。
谁肯咸阳作布衣，却待燕台收马首。
两情去住正堪怜，歧路还逢雨雪天。
尧祠苍莽望中断，濮水潺湲何处边。
青门群公争祖席，知尔思归留不得。
云霄豪举讵为难，麟角凤毛人共识。
池塘别后句应成，宝月流辉在玉京。
倚门予独劳归梦，鸿雁南飞少寄声。

四十五、苏 祐

【作者简介】苏祐（1492—1571），明濮州（今河南濮阳）人，字允吉，号谷原。嘉靖五年进士。历任知吴县、广东道御史、兵部侍郎兼都御史、兵部尚书。喜为诗，文词骈丽，诗格粗豪奔放。有《逌旃琐语》《谷原文草》《谷原集》。

1 子夜歌

相逢采莲船，含笑各分首。
怜君目送妾，直过横塘口。

2 竹枝词

其一

依依江柳弄烟丝，
粲粲江花映竹枝。
莫把竹枝翻别调，
转愁折柳送行时。

其二

钿蝉金雁惜春华，
寂寞东风到妾家。
惟有江头明月色，
夜深共对木兰花。

四十六、王世贞

【作者简介】王世贞（1526—1590），字元美，号凤洲。明太仓（今江苏太仓县）人。著名文学家、藏书家。历官浙江参政、湖广按察使、右副都御使抚治郧阳、南京刑部尚书等。著有《弇山堂别集》《嘉靖以来首辅传》。

翟义公歌

【题序】故东郡太守翟义，为汉诛莽不胜而死，其事甚伟，而郡人不知祀之。余始请祀于名宦祠，为作翟义公歌。

东郡太守翟义公，欲嘘炎烬为长虹。
皇天未启赤符子，一寸血作千家红。
汝南殃及枯骨冢，濮阳改筑鲸鲵宫。
中原掩耳宣大诰，偷泪自咏平陵东。
侯王吏民四十万，何面死谒隆准翁。
昆阳雷动虎踪灭，太液波沸蛙声穷。
高庙不请政君罪，云台但书列宿功。
秖今魏守祀名绩，俎豆不载何其蒙。
尔曹只知狄司空，近闻依稀田侍中。
世间万事在反掌，成败那得论英雄。
椒浆一洒千古泪，灵旗忽若摇空濛。
忆昨彭城过廉里，里中老人夸大龚。
汉家九鼎二子在，呜呼岂系桐江风。

四十七、王崇庆

【作者简介】王崇庆(1484—1565)，字德徵。明大名府开州(今河南濮阳)人，祖居濮阳胡状一带。正德三年进士，官至南京吏部尚书、礼部尚书。著有《周易议卦》《五经心义》《海樵子》《山海经释义》。

1 吊展禽赋

悼夫君之不幸兮，处同气而如参商。
民到今而疑其和兮，竟谁仰其直方。
彼憸人而不与立兮，孰谓窃位之可流芳。
相德容之渺幽兮，或庶几梦其耿。
光抚荒台于夕照兮，但鸱鸮奋其翱翔。
何浇俗之未可敦兮，思起夫子而对床。
昔我捧檄于天王兮，再往察乎大梁。
既而闻命忽临兮，旋复卿于辽阳。
岂轩冕之敢轻兮，以垂白之在高堂。
顾忠孝之何殊兮，谁忍逃乎虞唐。
敬陈辞而达平生兮，聊以泄夫行藏哀野。
人而莫予省兮，徒自驱夫牛羊。

2 吊颛顼陵赋

帝高阳之有道兮，神明而奇徙。
穷桑之故墟兮，来国于兹。
嗟！大化之日浇兮，太朴日离。
抚长陵以舒啸兮，飞鸟度而猿悲。

四十八、赵廷瑞

【作者简介】赵廷瑞（1492—1551），字信臣，号洪洋，明大名府开州（今河南濮阳）人。正德十六年进士。改庶吉士，授户科给事中，累升右副都御史巡抚陕西，守边颇有斩获。官迁至户部尚书、兵部尚书。开州（今河南濮阳）“八都”三尚书之一。

龙湫赋

龙湫于开为胜绝。余往岁过友人澶西子别业，始一至。时岁宴，木落冰合。兴殊未穷。今年夏，复偕龙湫主人郡大夫诸君子游其上，退而赋之，未敢谓抽秘摅藻，悉龙湫之义而风怀惬矣。赋曰：

龙湫主人与客游龙湫之上，洪洋子在列。冠裳至止，觞豆旋设，谷飙布凉，雷雨涤热，声乐集菰蒲之阴，轮鞅俟冈峦密之缺；率浒而步，则溪毛呈秀，云根露白，素羽回翔，锦鳞跃掷，镜含渔父之舟，日射鲛人之宅。新水涨而痕收，沙岸干而径窄。方濯尘缨，辄动诗癖。拟水边之丽人，想泽畔之逋客。遵崖而眺，则面绕村落，午烟蒙蒙；背负城郭，佳气葱葱。嘉禾覆平皋而如云，瑞霭度远树以横空。大伾峙其西，洪洋扶其东。开象外之襟，纳苹末之风，何敢动浮海之叹，聊以追浴沂之踪。复有古庙骇人，断碑卧草，露祷兮拜郡侯，伏腊兮走村老。果何年而肇灵，苏吾土之枯槁。

龙湫主人进余而言曰：子知湫之为湫乎？其前则瓠子之故道，其上则宣防之遗墟也。予乃逡巡避席，叶拱而对曰：地缘人以胜，形随世而迁。粤自武帝之东封，距今日兮儿千年，沉璧兮祭马，悯众兮吁天。薪伐淇园之竹，土负群臣之肩。固尝患弭梁楚，宫起巍峨，而今安在焉？徒使人觅瓦砾之故址，读二歌于残编。迨夫先生始号以传，吾固知龙湫之一区，将沛霖雨于八埏。乃为《五噫歌》曰：陟彼崇阿兮，噫！逖怀往事兮，噫！汉宫榛莽兮，噫！我愿湫龙兮，噫！泽彼四方兮，噫！龙湫主人取而歌之，延伫而望，若有隐忧。匪魏阙之关情，则世故之触目也。乃顾予而笑曰："有是哉。"

【**注释**】龙湫：即龙湫烟雨，在开州城西南，为开州八景之一。

四十九、王 綖

【作者简介】王綖（1477—1537），字邃伯，号龙湫。明大名府开州（今河南濮阳）人。孝宗弘治十八年进士。历任户部主事、卫辉知府、湖广按察使、河南副使、四川布政使、右副都御使、巡抚江西浙江等。开州（今河南濮阳）“八都”之一。

龙湫赋

赋曰：拟者，近山赵子赋于前也。抚景兴怀，感今惕昔，神怪奇出，风情奄积，号称绝唱矣。余夫复何言？追若步骤，节若音声，掇拾遗响，补缀大成，聊发一时之兴云尔。其辞曰：近山客里宅休假，龙湫主人会病免归，相与再约龙湫之游，盍金芝之契，鼓木兰之舟，耸千岩之屹岸，压万派之泓流。玻璃春盘，玉树芙蓉，仙掌吴钩。顷之，穷烟岛、渡云洲、舞朱鹤、狎白鸥。杂沓瑗灑，饤饾珍羞，浆泛鸬鹚，曲引箜篌，神飘摇乎八极，韵铿鍧于九州，渺宇宙之逆旅，忘尘埃之蜉蝣。

龙湫主人陶然乐喝而笑曰：敞哉湫欤！以戢吾鳞适吾意，以安吾拙长吾慧，以延余年而幸身世，将在斯夫！将在斯夫！近山客曰：“奚有于是。昔者子美之诗云：‘不见道边废弃池，一斛旧水藏蛟龙。丈夫盖棺事始定，君今幸未成老翁。’然则，胡为乎憔悴在此中？”龙湫主人拂衣而起，作色曰：“嗟乎！似非相知之素者也，不记韩昌黎之书乎？天池之滨，大江之濆，有怪物焉。”假令而说，信然，谁则为举手投足之劳余亦安能仰首于有力者之前，以鸣号而乞怜？且夫余之唱第南宫也，蹑级郎署，属时澒洞，毕力殚虑。迨夫出守要郡也，往来奔波，如水东注。迨夫抚湖湘也，大扣阊阖，乞斩庵竖。迨夫臬两河也，雨雪驱驰，锋镝弗顾。迨夫藩三晋也，虎豹豺狼踞蹐恂簠惧，若究厥施未必开阖动摇，远拓弘布，要非阘茸龌龊泯泯，然沦于温饱之夫也，抑何负于时乎？而乃置之前日之处，辗转思惟，惟有一去盖由。今观之奔尺寸、走丝毫也，曷异腥膻爝火，蚁集蛾聚？是故，飘然来也与客同，今日之趣甚矣。客之知殆非素也，乱曰：嘅！皇路兮榛杞些，悯时俗兮靡靡些，羌达人兮何为些，溘甘心兮已矣些。近山客瞠目而视，俯首踯躅，若为之叹惜焉。盖泾渭于胸次而嗫嚅乎？颊舌也。维时山冥日曛，兴阑意足，回柁落帆，舍舟而彔，容与归途，徜徉旧躅。

近山在告谢客杜门，龙湫子归深居简出。殆数月，马西陂曰：春日熙熙，为龙湫之游可乎？乃三月三日行，龙湫谓近山曰：已卯之游龙湫赋固无恙乎？近山抚篋中得之龙湫拟作焉。朱侯秋宇见之曰：畴昔同二子游，固前余宦于此者，今眼中几人哉？聚合有数矣。二赋石之置之龙湫之滨，见一时之兴，何如？近山不可。龙湫曰："元倡可拟作不可也？"秋宇曰："刻诚在我，幸勿让。"秋宇名纨，字子纯，故苏人。近山廷瑞，信臣一号，洪洋山人，给事中。西陂宗辙成统官鸿胪，亦在告。龙湫綖，邃伯，致山西行太仆寺卿仕。

嘉靖五年夏，王綖跋。

【注释】龙湫：即龙湫烟雨，在开州城西南，为开州八景之一。

第七卷

明朝诗词（下卷）

——开州郡景八首专题

【说明】明时开州（即濮阳县）有著名八景，分别是：1.御井甘泉，2.洪洋积翠，3.清河渔唱，4.西湖秋水，5.长乐春容，6.龙湫烟雨，7.东寺晓钟，8.楚台夕照。本卷为开州郡景八首专题。

一、王崇庆

【作者简介】王崇庆（1484—1565），字德徵。明大名府开州（今河南濮阳）人，祖居濮阳胡状一带。正德三年进士，官至南京吏部尚书、礼部尚书，赠太子少保。著有《周易议卦》《五经心义》《海樵子》《山海经释义》。

郡景原唱八首（七绝）

（1） 御井甘泉

龙旗万乘登城日，胡马千群夺气时。
野叟河须传废井，寇公原自有名祠。

（2） 洪洋积翠

丹丘玉阙知何处，碧草青山自故封。
莫唱长生惊俗耳，须知不朽是神农。

（3） 清河渔唱

白发愁生悲老大，沧江岁晚任凄凉。

鸟飞不语暮天碧，渔唱惊心春水长。

（4） 西湖秋水

曲栏迢递净湖光，短棹分明引兴长。
可惜风流夸荡漾，竟谁辛苦问农桑。

（5） 长乐春容

疏柳夭桃伴翠堤，艳阳天气赏心迷。
王孙一去无消息，岁岁东风黄鸟啼。

（6） 龙湫烟雨

秦陇西来河势决，汉皇东返珮声过。
宣防无复风流梦，瓠子空传慷慨歌。

（7） 东寺晓钟

苦爱疏钟云里寒，翻嫌清漏梦中残。
浮生唤觉知多少？谩说韩家熊胆丸。

（8） 楚台夕照

项羽气雄秦汉里，荒台云逐有无间。
春风不问闲兴废，花落花开苔自斑。

二、杨彝

【作者简介】杨彝（1491—1550），字宗叙，明重庆府（今四川江津）人，治《诗经》，正德辛巳年进士。明大名兵备，开州（今河南濮阳）副史。

郡景八首（七绝）

（1）御井甘泉

城市今民犹井井，翠华临幸忆当时。
寒泉不识兴亡恨，依旧涓涓流古祠。

（2）洪洋积翠

丹房火冷黄芽老，瑶草芊绵石径封。
辟谷何缘学仙子，洪洋问俗只耕农。

（3）清河渔唱

生事百年尘梦破，轻蓑小艇野云凉。
后车莫问兴王业，欸乃一声烟水长。

（4）西湖秋水

四顾山光映水光，蒹葭秋碧接天长。

风流莫漫夸西子，晓日波心望海桑。

（5） 长乐春容

澹烟衰柳覆残堤，禾黍连阡帝辇迷。
风日熙熙春自媚，管弦只付鸟声啼。

（6） 龙湫烟雨

大河拯溺苍生计，翠辇犹传汉主过。
盛代澄清彰帝德，虞廷千载复赓歌。

（7） 东寺晓钟

霜甓初晖萧寺寒，鲸音催送月光残。
奔忙车马自来去，安乐窝中人弄丸。

（8） 楚台夕照

汉皇故业秋云外，霸主孤台夕照间。
千古豪华空漠漠，独留苔藓自斑斑。

三、张寰

【作者简介】张寰，生卒年月不详，字允清，明昆山（今山东诸城）人，正德十六年进士。历任济宁知州、开州（今河南濮阳）知州、历刑部员外郎、通政司右参政。

郡景八首（七绝）

（1） 御井甘泉

井中甘味传犹昨，井上人家非旧时。
吟罢濯缨还伫立，野田黄雀噪空祠。

（2） 洪洋积翠

三月洪洋翠积重，郊原处处入尧封。
春田过雨犁锄动，勒马时来课老农。

（3） 清河渔唱

暂抛案牍神应爽，忽听渔歌思益凉。
我有菟裘在吴会，海天遥睇暮云长。

（4） 西湖秋水

亭开瑶碧湛秋光，湖上风来万里长。

一曲沧浪鸥鸟集，角巾真自愧柴桑。

（5） 长乐春容

小亭虚敞俯沙堤，一径通幽路欲迷。
政暇登临清昼永，东风深树晓莺啼。

（6） 龙湫烟雨

蒙蒙烟雨龙潭胜，登眺时同二老过。
春绕澶城晴霭合，惭无善教听弦歌。

（7） 东寺晓钟

春半澶台集夜寒，短檠犹理旧编残。
疏钟惊起东林晓，无那居诸若跳丸。

（8） 楚台夕照

楚台衰草斜阳外，走马临风尘梦间。
千载雄图眇何处，城堙遥隔翠芸斑。

四、孙巨鲸

【作者简介】孙巨鲸，字子鱼，号雨溪，明徽州（今安徽徽县）人。少时聪明过人，嘉靖癸未（1523）年进士。历任山西洪洞知县、开州（今河南濮阳）知州，后升为户部员外郎。

郡景八首（七绝）

（1） 御井甘泉

贤相功名犹后世，憸人孤注自当时。
凭君莫话真皇井，剩有长河照古祠。

（2） 洪洋积翠

春风山色碧重重，云树茫苍绕故封。
览胜凭高缘底事，时将耕稼课三农。

（3） 清河渔唱

欸乃乾坤齐书夜，笠蓑风雨自炎凉。
渔翁晚向沙洲卧，短笛数声春水长。

（4） 西湖秋水

胜地秋开一鉴光，小亭俯瞰碧流长。
惭予不任西湖主，犹向湖边督种桑。

（5） 长乐春容

迤逦荒村接古堤，汀花岸柳望中迷。
寻芳欲到春深处，可奈催归树上啼。

（6） 龙湫烟雨

奕奕宣防频眺望，翩翩冠盖每相过。
归来莫讶冲烟雨，为听当年瓠子歌。

（7） 东寺晓钟

熹微清曙草堂寒，梵刹宵钟报漏残。
闻得令人发猛省，不须圆枕与和丸。

（8） 楚台夕照

雄图炬底秦哀日，霸业垓前楚歌间。
千古自焚成返照，至今台上见痕斑。

五、施一德

【作者简介】施一德，生卒年月不详，明崇明(今上海)人。进士。嘉靖年间历任开州(今河南濮阳)郡判、广西道监察御史等。

郡景八首(七绝)

(1) 御井甘泉

南朝劝驾亲征日，北虏求和议币时。
井上回銮名未泯，至今人拜寇莱祠。

(2) 洪洋积翠

春到洪洋翠色重，满山芳草绿云封。
登临谩忆人间事，名利纷纷不若农。

(3) 清河渔唱

一泓如练鱼堪数，村树萧森昼自凉。
罢钓渔翁沽一醉，滩头清唱引杯长。

(4) 西湖秋水

澶西湖水泛秋光，云影徘徊百亩长。
不数浙东山水胜，独输处处有田桑。

（5） 长乐春容

回风积土似沙堤，青草成茵路欲迷。
浪说銮舆曾此过，年年春暖野莺暗。

（6） 龙湫烟雨

碧潭数顷漾晴波，灵物何年此地过。
暮雨朝烟横古岸，行人勒马听渔歌。

（7） 东寺晓钟

声声敲散曙光寒，万点疏星一瞬残。
独有老僧高卧稳，不知佛国候金丸。

（8） 楚台夕照

盖世拔山成底事，空台留得在人间。
我来谩有登临兴，西望残晖映藓斑。

六、冯琥

【作者简介】冯琥，生卒年月不详，明诸暨（今浙江诸暨）人，监士。嘉靖四年任开州（今河南濮阳）学正。

郡景八首（七绝）

（1） 御井甘泉

宋朝谁画平戎策，寇老亲扶御辇时。
遗井商流调膳味，后人应起报功祠。

（2） 洪洋积翠

天削芙蓉叠翠重，云销一抹似开封。
栖霞道士今安在，山北山南问老农。

（3） 清河渔唱

互答渔歌多野趣，风吹钓艇满湖凉。
照人千古严滩月，常伴渔翁钓夜长。

（4） 西湖秋水

野水名馨大有光，高人旋着钓系长。
风流莫话钱塘景，桂子荷花锦样桑。

（5） 长乐春容

缓辔春游背郭堤，眼前诗料顿开迷。
一犁雨过秧针刺，万树烟笼谢豹啼。

（6） 龙湫烟雨

鼎湖龙化宜防在，烟雨潭深凫雁过。
瓠子堤成千载利，遗黎争唱太平歌。

（7） 东寺晓钟

斗柄横台曙色寒，梵钟僧叩五更残。
数声惊得金乌起，不待王孙落弹丸。

（8） 楚台夕照

楚兵天败真堪叹，会见层台草树间。
应是虞姬远挥泪，日斜台渍土花斑。

七、任钟

【作者简介】任钟，生卒年月不详，明咸宁（今湖北咸宁）人。监生。嘉靖年间任开州（今河南濮阳）训导。

郡景八首（七绝）

（1） 御井甘泉

宋家留御井，却忆旆还时。
孤注功难泯，堂堂列像祠。

（2） 洪洋积翠

遥望岭重重，近看碧草封。
须知仁者寿，非是效三农。

（3） 清河渔唱

如斯穷昼夜，任彼自炎凉。
须听渔人唱，笛中滋味长。

（4） 西湖秋水

湖水映秋光，游观趣味长。
绮罗歌舞者，有几问蚕桑。

（5）长乐春容

花柳遍春堤，高亭半已迷。
长长乐避暑，那厌子规啼。

（6）龙湫烟雨

宣防城瓠子，幸赖汉皇过。
烟雨时时降，升平岁岁歌。

（7）东寺晓钟

五更霜已寒，万点见星残。
古寺钟声动，人心亦转丸。

（8）楚台夕照

台上非天下，兴亡仁暴间。
咸阳三月火，移照项中斑。

八、薛　鎏

【作者简介】薛鎏，生卒年月不详，明魏县（今河北魏县）人，明万历丙辰年进士，历任开州（今河南濮阳）运使。

郡景八首（七绝）

（1） 御井甘泉

虏人充斥来河汴，和议谁教倡此时。
千载要真归国是，井边惟有寇公祠。

（2） 洪洋积翠

遥望洪洋山几重，诸峰翠处尽提封。
杏化雨过无租吏，处处山人各务农。

（3） 清河渔唱

碧溪清浅泛渔郎，雨过风生夏亦凉。
闲上新亭观物色，夷歌起处一声长。

（4） 西湖秋水

水落寒潭清且光，涵虚日照浮金长。
停骏看向西湖去，黄叶疏林半落桑。

（5）长乐春容

长乐宫沙半作堤，宫中草长路离迷。
当时歌舞今消尽，深树独怜莺乱啼。

（6）龙湫烟雨

每忆龙湫烟雨多，春去秋来几度过。
于今不见龙湫出，惟见牧童临水歌。

（7）东寺晓钟

钟声隐隐五更寒，起视中天月未残。
多少行人留不得，劳劳应似转美丸。

（8）楚台夕照

楚人已去台犹在，与客相携怅望间。
流水斜阳闲照处，黄花碧草自斑斑。

九、刘守达

【作者简介】刘守达，生卒年月不详，明开州（今河南濮阳）人。进士。嘉靖年间历任青州推官、婺源丞、余姚宰、嘉兴府同知、南京工部郎中。

郡景八首（七绝）

（1） 御井甘泉

隙虏才将休甲日，忧谗又是噤声时。
君王肯作百年计，何用荒泉对古祠。

（2） 洪洋积翠

寒烟叠嶂翠重重，一望天涯碧草封。
故垒行宫无处觅，却将心事付三农。

（3） 清河渔唱

芦荻洲前空溽暑，芙渠花下又新凉。
渔舟不击长堤柳，歌韵争如堤水长。

（4） 西湖秋水

岸芦堤水竞清光，装点骚人诗兴长。
瑶碧亭前看未了，兴亡无暇问沧桑。

（5） 长乐春容

烟雨霏霏绕翠堤，堤前花柳坐中迷。
茅檐处处占春色，好鸟高枝自在啼。

（6） 龙湫烟雨

濯足濯缨两不遂，冲风冲雨一来过。
锦帆未许洲前落，为听中流欸乃歌。

（7） 东寺晓钟

鲸音初动五更寒，梦里功名话已残。
心事未酬还自语，西封犹欲请泥丸。

（8） 楚台夕照

两国雄图烟雾里，千年山色有无间。
重瞳若遣窥成败，云豹碧筒间又斑。

十、张 锜

【作者简介】张锜，生卒年月不详，嘉靖年间人，举人，明开州（今河南濮阳）人。

郡景八首（七绝）

（1） 御井甘泉

宋皇曾此飞銮御，古刻消磨几岁时。
赖有寇忠能退虏，至今面井建公祠。

（2） 洪洋积翠

洪洋崒嵂气重重，闻道郎君此化封。
黄白飞生真幻妄，山头但见牧樵农。

（3） 清河渔唱

河抱山怀清且浅，棹移舴艋自生凉。
丝纶小歇舣花岸，数曲柳阴消昼长。

（4） 西湖秋水

惆怅碧亭久瘗光，盈盈秋水共天长。
游人浑不识兴废，谁道东瀛几重桑。

（5） 长乐春容

古亭颓败觅荒堤，花柳交加行欲迷。
盛事美人今已矣，空闻好鸟树颠啼。

（6） 龙湫烟雨

武帝忧民塞大河，旌旗映日远相过。
龙潭烟雨今遗址，稽事当寻瓠子歌。

（7） 东寺晓钟

昌国簴悬岁久寒，洪声一叩五更残。
壮怀起舞神何爽，也效尧夫闲弄丸。

（8） 楚台夕照

台成如许今犹在，落日荒凉草树间。
胜败兵家无定算，如何泣下湿虞斑。

十一、程万殊

【作者简介】程万殊，生卒年月不详，嘉靖年间人，举人，明开州(今河南濮阳)人。

郡景八首(七绝)

(1) 御井甘泉

寇公当日澶渊议，千古遗编说宋时。
留得甘泉谁不食，年年人拜路傍祠。

(2) 洪洋积翠

洪洋山外树重重，衰草寒烟断础封。
千载豪华复谁在，可怜野老自春农。

(3) 清河渔唱

桃花雨细波声渺，欸乃歌残午睡凉。
只恐渔郎迷去住，武陵水绕碧天长。

(4) 西湖秋水

湖水晴添潋滟光，水边杨柳绿条长。
莲舟荡漾谁家女，争似罗敷陌上桑。

（5）长乐春容

尘起春风满大堤，桃红定似昔人迷。
而今犹自春容在，惟见哀哀寡妇啼。

（6）龙湫烟雨

邵父当年来祈雨，短衣徒步亦同过。
潭心惊得蛟龙起，三日甘霖四境歌。

（7）东寺晓钟

扶疏绛气曙光寒，梵放钟撞俱渐残。
忽忆塞垣戈未息，东封何用献泥丸。

（8）楚台夕照

遑遑救赵何劳筑，百万貔貅侧目间。
犹有行人伤往事，斜阳驻马泪澜斑。

十二、冯延龄

【作者简介】冯延龄，生卒年月不详，嘉靖年间人，举人，明开州（今河南濮阳）人。

郡景八首（七绝）

（1）御井甘泉

宋皇不饮澶渊水，国事传来几岁时。
见说雷阳忠义在，万竿修竹映新祠。

（2）洪洋积翠

势压澶南第一重，千年树老碧苔封。
等闲莫话寻仙事，圣主于今只重农。

（3）清河渔唱

严滩不见垂纶者，世态浑如夜色凉。
一曲渔歌千古意，芦花霜冷雁声长。

（4）西湖秋水

胜地谁开一鉴光，清秋色共碧天长。
湖边故老今何在，古道空存万树桑。

（5） 长乐春容

载酒寻芳绕大堤，一方烟火望中迷。
山禽似有怀人意，特向东风日日啼。

（6） 龙湫烟雨

寒烟密雨迷昏晓，时见当空一雁过。
汉武雄辞今在否，秋风都付野人歌。

（7） 东寺晓钟

疏钟响处曙光寒，人枕惊回梦已残。
只恐壮心零落尽，翻思臂鸟弹金丸。

（8） 楚台夕照

秦城王气消沉后，白帝英雄野草间。
落日西风残照里，伤心草色自斓斑。

十三、刘 玳

【作者简介】刘玳，生卒年月不详，嘉靖年间人，举人，明开州（今河南濮阳）人。

郡景八首（七绝）

（1） 御井甘泉

断碑御制全犹是，遗井甘泉想昔时。
堪叹寇公扶社稷，百年赢得一业祠。

（2） 洪洋积翠

山头绣幄锦屏重，山下碧萝苍藓封。
几度芳春拾翠处，会看好雨慰三农。

（3） 清河渔唱

溶溶一派水清浅，渔子扁舟趁晚凉。
歌罢沧浪谁复和，浮鸥数点碧波长。

（4） 西湖秋水

鉴湖彻底映秋光，绿藻红蕖带雨长。
有客兰桡高兴发，宁知沧海变田桑。

（5） 长乐春容

春游城外绕隋堤，隔岸长亭望眼迷。
万紫千红浑可乐，春残只恐杜鹃啼。

（6） 龙湫烟雨

宣防墀下龙湫在，时有惊凫去复过。
岸柳含烟疏雨外，舟儿相对唱渔歌。

（7）东寺晓钟

天街拂晓透轻寒，梵宇疏钟递漏残。
莫待山城开万户，书窗兀坐照萤丸。

（8） 楚台夕照

英雄盖世渠何在，留却荒台草莽间。
薄暮斜晖空怅望，令人怀古泪成斑。

十四、吴汝砺

【作者简介】吴汝砺，生卒年月不详，嘉靖年间人，举人，明开州（今河南濮阳）人。

郡景八首（七绝）

（1） 御井甘泉

千年驻哔遗踪在，百尺寒泉忆宋时。
和战谋臣谁是否，孤忠惟有寇公祠。

（2） 洪洋积翠

草树和烟翠色重，真人仙洞野云封。
谁将金匕传消息，空向山头问老农。

（3） 清河渔唱

堤抱澄潭春水阔，舟迷烟柳暮天凉。
数声傲荡乾坤外，身世悠悠日月长。

（4） 西湖秋水

白淼虚含万象光，芦花飞尽海云长。
当年胜事皆成梦，湖上于今遍柘桑。

（5） 长乐春容

野花烂漫幕春堤，立马闲亭曲径迷。
吊古幽怀空怅望，数声山鸟为谁啼。

（6） 龙湫烟雨

惊涛拍岸龙潜地，灵异时时风雨过。
莫谓泥蟠春睡久，试看霖雨听尧歌。

（7） 东寺晓钟

古刹霜风送夜寒，晓钟惊枕梦初残。
因缘天地成虚幻，万古轮回一转丸。

（8） 楚台夕照

可怜百战雄图尽，寂寞荒台过客间。
断霭残霞摧暮影，寒烟万点树斑斑。

十五、孙如筠

【作者简介】孙如筠，生卒年月不详，嘉靖年间人，举人，明开州(今河南濮阳)人。

郡景八首(七绝)

(1) 御井甘泉

可怜日辇亲扶后，孤注焉知议后时。
赖有寒泉鉴忠佞，苍松云绕寇公祠。

(2) 洪洋积翠

峰峦盘郁疑瑗岛，势压层城晓雾封。
草色烟萝迷望眼，荷锄时见两三农。

(3) 清河渔唱

数点轻凫闲啄羽，暮川凝碧火云凉。
更怜袯襫烟波里，早著玄真引兴长。

(4) 西湖秋水

清逼金茎玉露光，月分寒影雁声长。
无端秋色来湖上，半在菰蒲半柘桑。

（5） 长乐春容

杏花新雨过长堤，林逋春吟兴欲迷。
却忆辋川千古事，彩虹歌罢晓莺啼。

（6） 龙湫烟雨

四时灵气龙眠处，沉璧曾经凤辇过。
漠漠水云烟霭黑，月明时听扣舷歌。

（7）东寺晓钟

深深空殿锁春寒，喔喔鸡声叫月残。
一枕维摩犹自卧，宜辽空弄市南丸。

（8） 楚台夕照

六飞雄战皆尘土，千古凄凉忽梦间。
斜日荒台谁是主，野棠开处草斑斑。

十六、孙国

【作者简介】孙国，生卒年月不详，嘉靖年间人，进士，明开州（今河南濮阳）人。

郡景八首（七绝）

（1）御井甘泉

真皇御虏曾经处，事往谁云和议时。
天为莱公洗心事，长留此井对公祠。

（2）洪洋积翠

山峙洪洋岚气重，碧颠隐隐白云封。
真人一去不复返，羽化今犹说老农。

（3）清河渔唱

山绕平沙河势迴，晚风独棹水云凉。
梦回小艇拥蓑起，一曲不知天地长。

（4）西湖秋水

极目天光接水光，西湖胜溉碧源长。
堪伤前日新亭客，不固山河如系桑。

（5） 长乐春容

荒亭特特隐崇堤，万紫千红如眼迷。
避暑主人成幻化，空山杜宇为水啼。

（6） 龙湫烟雨

岸址宣防传胜地，遥遥潭脉透迤过。
时惊霹雳兴烟雨，忧国谁闻云汉歌。

（7） 东寺晓钟

梵宇声洪月夜寒，星河向晓影将残。
人间惊觉知多少，方寸惺惺如弄丸。

（8） 楚台夕照

将坛不筑筑闲土，亚父当年指顾间。
今日荒台千古恨，斜阳飞鹭点斑斑。

十七、刘绅

【作者简介】刘绅，明代诗人，嘉靖年间人，举人，明开州（今河南濮阳）人。

郡景八首（七绝）

（1）御井甘泉

当是姑信百年计，异日应知无靖康。
玉渫岂能夸戎马，屠奸犹献幸南荒。

（2）洪洋积翠

莫怪闲来登眺频，野花啼鸟几多春。
羽翁不起一丘在，辽鹤相传恐未真。

（3）清河渔唱

水北水南千万家，天晴捉褚乱如麻。
渔人爱取闲生计，唱彻平堤卧柳花。

（4）西湖秋水

凋尽菱荷凫雁秋，月名寒水浸苍洲。
野人未称达人乐，欲买严陵旧钓舟。

（5） 长乐春容

古木摧残萧巷里，春风已尽故园花。
翩翩犹有昔年蝶，过遍棘垣无住家。

（6） 龙湫烟雨

汉帝宣防蔓草迷，骚人寻迹寄空题。
渔郎一向忘兴废，蓑笠还歌过水西。

（7） 东寺晓钟

院师礼诵夜方阑，却放洪声入幕寒，
从此不须传七觉，醒来一念即禅关。

（8） 楚台夕照

秦城三月火飞红，焰转中州霸业终。
惟有一台残照里，老农时复话英雄。

十八、李仁

【作者简介】李仁，生卒年月不详，明东阿（今山东东阿）人。进士。嘉靖年间历任开州（今河南濮阳）郡判、户部给事中。

郡景八首（五言排律）

（1） 御井甘泉

宋世邻骄虏，真皇起壮图。
省方河外曲，铲井辟门隅。
六膳共宸御，三浆贮帝壶。
翠华龙骑远，寒甃凤亭孤。
满去空瑶水，轩升自鼎湖。
至今稽往牒，犹恨失吞胡。

（2） 洪洋积翠

忆昔怀襄日，岧峣独此丘。
坤灵标地轴，禹迹奠河流。
秀出鱼龙浦，寒侵鹳鹊楼。
孤云生色相，丛桂许淹留。
秦观终南阻，嵩陵少室幽。
只疑笙鹤侣，夜绕北山头。

（3）清河渔唱

杏花高岸侧，濠水古梁西。
潭落千寻碧，崖悬百丈齐。
风光摇组练，云日净涟漪。
沙径斜通港，柴篱曲抱堤。
天开濯锦浪，人拟钓璜溪。
最爱蒹葭月，渔歌乡处迷。

（4）西湖秋水

百谷秋来满，湖光触处连。
冲波惟柳岸，进艇失桑田。
璧月沉寒影，楼暾射紫烟。
绡张凭槛外，镜拂把杯前。
荇蒂风牵细，荷珠露泣圆。
沧州本吾道，不是爱临渊。

（5）长乐春容

春时佳丽地，长乐最知名。
语涩莺才至，苗深陇欲平。
穿林拂叶度，入圃踏花行。
泉动鳞犹细，翚飞锦倍明。
年光看野色，霁霭上高甍。
此日郊原望，故山无限情。

（6）龙湫烟雨

寂寞宣防事，凄凉瓠子篇。

水余沉璧色，龙有抱珠眠。
肸蠁如闻语，名禋不计年。
花香平绕岸，树影倒参天。
鸥白浮寒玉，苔青聚古钱。
每临烟雨夕，犹恐激潺湲。

（7）东寺晓钟

净土归依地，青连大士家。
坛深淹岁月，钟迥出烟霞。
松桧门墙古，莓苔道路赊。
珠悬金界日，香结祇园花。
宝筏元非远，迷津自有涯。
谁当解珠绂，暂此谢纷哗。

（8）楚台夕照

楚宫遗迹在，百亩尚陂陀。
一旦雄图尽，千秋蔓草多。
麋游吴下榭，凤入郢中河。
风树馀喑哑，岩花见绮罗。
野烟时作祲，寒水不成波。
向夕樵声发，依稀帐下歌。

【延伸阅读·八景】

明清濮阳八景一览

——明清开州（濮阳）八景一览

《开州志（明·嘉靖版）》载开州（即濮阳）有著名八景，分别是：1.御井甘泉，2.洪洋积翠，3.清河渔唱，4.西湖秋水，5.长乐春容，6.龙湫烟雨，7.东寺晓钟，8.楚台夕照。

《濮阳县志（1980—2000）》载濮阳（即开州）有著名八景，分别是：1.御井甘泉，2.洪洋积翠，3.清河渔唱，4.西湖秋水，5.长乐春容，6.龙湫烟雨，7.披云接天，8.东寺晓钟。

一、西湖秋水

西湖，在濮阳县城西南隅，在今西水坡水库处。旧时常有河流汇入，积而成湖，周数百亩。湖北有三皇庙、文昌阁，东有三官庙、佛庙、泰山庙，鳞次栉比，雕梁画栋，飞檐凌空，紫气缭绕，善男信女，游湖上香者熙来攘往。南有晁园，为明代司业晁瑮别墅。又有慈云阁，为明太子洗马晁镜湖读书处，阁内内积书四百余册，供贫而好学不能购书者借阅。西南有配文塔，高耸入云，夕阳晚照，倒影湖中，随着水波荡漾而动。

西湖为城区之佳境。秋日，天青水碧，芙蓉竞秀，芦花飞扬，沙鸥腾飞，鱼翔浅底，金风乍起，波光涟漪，若泛舟其中，把酒赋诗，别有情趣。古诗曰：“百顷明琉璃，荡漾长空里。长空杳无涯，秋水清流底。凫雁落平浦，芦荻遍中沚。”这便是对西湖的写照。

随着年代的推移，湖水渐少，庙堂楼阁多已湮灭，至清中期，“西湖秋水”已不尽兴。清嘉庆年间知州李符清诗曰：“荒城十里半葫芦，红树参差入画图。云里一声鸿雁下，始知城内有西湖。”

“人间正道是沧桑”。风景独好的西湖旧址，今已成引黄调节池，供市民用水，震惊中外的“中华第一龙”就出土于此。池水东南隅古城墙下，立有“中华第一龙”牌坊，雕饰龙虎，古朴典雅，威武壮观；池水正东有中华龙碑，伴有古城墙相映，中外来客，无舍此而游者。

二、龙湫烟雨

龙湫，黑龙潭之俗称，位于濮阳县西南新习乡焦二寨西北，即舜帝捕鱼之雷泽。

汉武帝元光三年（前132年），河决瓠子，泛十六郡，东南注钜野，通泗淮，千里汪洋，20余年不塞。后武帝去泰山封禅，回经此处，始知灾情严重，率文武百官皆负薪土，伐淇园之竹，沉白马玉璧以祭河伯，河始塞，筑宫其上，名曰“宣房”，作《瓠子歌》，以记其事。

龙湫广十余顷，其水渊深，大旱不竭。春夏之交，丽阳当空，天晴气和，波光荡漾，岸柳成荫，花絮纷飞，莺燕戏逐，鱼翻白浪，展现出一幅秀丽风光。值阴雨天气，斜风冷雨，点点水珠，洒向湖面，击起无数水泡，周围古堤杨柳，庙宇寺观，尽置于茫茫烟雾之中，其景十分诱人。古诗曰：“龙潭千尺漾波光，两岸浓荫引路长。最是暮春天气好，一林烟雨落花香。”冬天，这里又是一片北国风光，雁鹜、白鹤从北徒来，群栖于此，雁叫鹤唳之声，夜闻数里之外。冬去雪残，便有傍岸倚柳垂钓者，不畏寒风凛冽，慢待鱼儿上钩，故有“金堤渡口雪初残，玉满千林月色阑。独有龙潭垂钓者，短蓑破笠不知寒”之句。

黑龙潭南三里有莲花潭，约五六顷，因民植莲而得名。夏秋之际，亭亭荷花，含苞怒放，好似莲花世界。水盛时，二潭相连，可通小舟。不少游人，划船湖中，越潭穿莲，寻幽览胜，其乐无穷。

今此处之水已基本干涸，成为季节湖，但仍保留了原地貌。

三、清河渔唱

清河，在濮阳县城东10千米清河头，金堤东侧路北，长数里，终年不竭。宋熙宁四年（1071年），河决澶渊，东汇为河，因水清澈，故名“清河”。昔时，民多以造纸、捕鱼为业，又多植荷，每值夏秋，芙蓉满河，红白斗妍，香闻数里。至晚，残阳如血，红霞漫染，寺钟叩响，墟冒炊烟。渔民划船，穿塘过莲，满载而归，歌悠笛扬，令人陶醉。古诗曰：“十里莲塘漾碧波，芡菱菡萏满清河。堤高遥忆熙宁绩，岸远今听渔火歌。宝刹龙泉松柏古，杏岗春色雨风和。观凫亭畔余荒址，一径行来踏绿莎。”

清河西岸有杏花岗，高约二丈，上筑“观凫亭”，系明嘉靖年间朱纨所建，下临清河水，满塘荷花，所览无余。岗上多植杏树，其中高大者数株，经岁深久，每至春暖花开，烂漫如锦，白云野凫，上下掩映，实游览之一胜也。古诗曰：“杏花岗上杏花红，岁岁春晴艳暖风。万树芳菲开似锦，一林烟雨画难工。村连佛刹天花乱，地近荷塘晓露浓。绿水白沙相映处，依稀人到洛城东。”

河之北岸，有龙泉岗，岗上有龙泉寺，系宋代所建。寺内古柏参天，皆合抱，僧侣诵经，青烟缭绕，好一个幽静之处。明代名臣侯中丞、王崇庆先后读书于其中。岸东北有望河岗，高数丈，登高远眺，清河之胜，尽在眉睫。四周如此，清河一景，实不虚也。

现遗迹犹存，只是黄河改道后水面已无。

四、长乐春容

长乐即长乐亭，春容即春容寺，二者皆位于濮阳县徐镇镇西南4千米处。明嘉靖与清光绪《开州志》载：长乐亭“在州南长乐里曹村庄，相传为颛顼避暑亭”。经实地考察，在徐镇镇长乐村，该村因亭得名，沿袭至今。

颛顼在濮阳的遗迹很多：濮阳县城东南胡状乡程庄有太子墓，李家村有皇姑坟，五星乡高城为颛顼遗都，长乐亭既是颛顼避暑亭，亦是颛顼制历处。

长乐亭为金大定年间裴满公所建，寓颛顼帝恩泽长久、与民同乐之意。此地古有“春容寺”，为祭祀颛顼帝所建。相传旧时此处古刹亭台，青光耀眼，香火繁盛，周围树木葱茏，花草簇拥。每至春暖，柳暗花明，蝶飞燕舞，杜鹃高鸣；南眺黄堤，杨柳依依，滔滔黄河，奔流东去，文人骚客，善男信女，焚香览胜者络绎不绝，遂成长乐春容一大景观。明代诗人张寰赋诗曰：“小亭空敞俯沙堤，柳暗花明路欲迷。政暇登临清昼永，东风深树晓莺啼。”明代诗人刘守达也有赋诗：“烟雨霏霏绕翠堤，堤前花柳坐中迷。芳草处处占春色，好鸟高枝自在啼。”这些诗不仅描绘了秀丽的风光，也点出了颛顼避暑之事。

长乐亭和春容寺毁于大跃进年代，其碑被拉倒，用于黄河水利工程，寺院被拆除，现在原址上建有小庙一间，周围天然椿树环绕，香火仍很旺盛。2000年初，当地群众曾对遗址进行了钻探发掘，出土了一对雌雄碑帖及部分带字碑体碎片，现存于出土地习城乡孔店村。

五、洪洋积翠

“洪洋”即洪洋山；“积翠”即翠花岗、浮翠桥。“洪洋积翠”因洪洋山、翠花岗、浮翠桥而得名。

洪洋山，在今濮阳县城南1千米，原有两座土山，山上果树乔木丛生，枝叶繁茂，郁郁葱葱，有“杏花、春雨、翠绿、清幽”之誉。每值春夏，芳草如茵，红绿满山，翠翳重叠，游览观光者络绎不绝。元代明道郎真人游洪洋山，陶然一醉，死后葬于此山。明代俞善赋诗曰：“雨过遥岑翠欲流，嵯峨凝秀镇澶州。风松摇绿千层耸，烟草分青一径幽。春色迴迷黄鸟集，黛光高映碧天浮。乘闲几度留连赏，醉里题诗记胜游。”这首诗不仅描绘出了洪洋山的清幽秀丽风景，也道出了游客流连忘返的心情。

洪洋山旧时北倚南德胜古城，西望澶州大坡。澶洲坡为宋初开宝四年（971年），河决澶渊，河南徙后留下大坡，广十余里，水色接天，辽阔壮观。洪洋山附近又有翠花岗与浮翠桥。旧志载：翠花岗在城南三里，东即浮翠桥，与洪洋山相映。宋熙宁四年（1071年），河决澶渊，章淳与欧阳公论治河意见不合，遍地洪流，建浮翠桥于此。明代复修，共七孔。古诗曰：“宛宛虹桥跨碧流，波光浮翠接芳洲。崇岗远映宜防迹，古渡曾通瓠子舟。……”这首诗形象逼真地描绘了浮翠桥及周围的景色，真是诗中有画，画中有诗。

浮翠桥东即是五代后周开国皇帝郭威黄袍加身处，南一公里为明南湖，即今澶州坡，东南为李存审练兵场。

现遗址尚存。

六、御井甘泉

御井，位于濮阳县城关镇御井街西侧，相传为宋真宗驻跸时所凿，因水甘洌，故称御井甘泉。

北宋时期，宋、辽、西夏几个政权并立，相互攻战。宋真宗景德元年（1004年），契丹二十万大军直抵黄河北岸重镇澶州，宋廷大震。在朝诸臣筑室谋道，有请幸（迁移）金陵，有请幸（迁移）成都，独寇准极谏真宗亲征。真宗至澶州，登上北城门楼，宋军士气大振，辽军战败遣使求和，于是双方签订了历史上有名的"澶渊之盟"。宋真宗为纪念澶州之举，写了一首《契丹出境》诗，由寇准亲书，镌刻于石，立于御井之北。相传井之西，原有寇莱公祠，作堂三楹，并塑有像。澶民不沦为戎马铁蹄之下，皆赖寇莱公力谏，故立祠祀之，以昭功德。

御井为宋辽之战留下的遗迹，历代题咏甚多。明代甘泽诗曰："百千戎马犯中原，十万王师拥至尊。调膳当年资玉鼎，烹葵此日到蓬门。穹碑尚有迴銮字，大路却无过辇痕。一自君臣南去后，月明花落几黄昏。"

近年来濮阳县委、县政府对开发利用御井甘泉十分重视。1994年搬迁居民修建了大门围墙，1997年河南省文物局拨款3万元加固整修了御井，2000年县政府投资50余万元新建了石质回銮碑亭，树立不锈钢标志牌，成为濮阳市重点旅游景点之一。

七(1)、楚台夕照

楚台就是楚王台，又称霸王台，位于濮阳县梁庄乡咸城村。

《开州志（明·嘉靖版）》载曰："霸王台，在州东南，距城四十里。秦围赵，楚怀王遣宋义、项羽救赵，驻军，于是筑台。"

《开州志校注（清·光绪版）》载曰："楚王台，在州南。《一统志》：'相传项羽追章邯于濮阳，驻军于此。'后人因立此台。"

七(2)、披云接天

披云接天又称披云夕照。披云即披云楼，披云楼又名瑞庆楼，俗称北城门楼，即宋代濮阳城北门楼。《嘉靖开州志》载："披云楼在州署后，宋真宗幸澶渊时建。”《光绪开州志》曰：“披云楼在州署后，宋帝幸澶渊时，登临望契丹处。”今濮阳城关粮管所北部，遗址犹存。1958年10月，毛泽东在新乡车站专列上，接见豫北各县县委书记时，曾问濮阳县委书记王惠民：“濮阳还有北门楼吗？”亦指此处披云楼。濮阳城北门楼闻名遐迩，由此成为濮阳一大骄傲。

今濮阳县城，五代时黄河流经其南，当时濮阳县治尚在今子岸乡故县村，此处为黄河渡口，称“得胜渡”。后梁贞明五年（919年），梁晋相争，晋将李存审取得胜渡，跨河筑南北二城，中有浮桥，谓之夹寨，以拒梁兵，南城亦称南寨，北城亦叫北寨（今县城西南部）。后晋天福三年（938年），澶州州治自顿丘（今清丰县旧城村）移至得胜城，称澶州。次年又移濮阳县于州之南郭。宋熙宁十年（1077年），南城被黄河淹没，州治移至北城，即今濮阳县城。

宋景德元年（1004年），辽兵南侵，直抵澶州北城。宋真宗在寇准力谏下御驾亲征，来至澶州，登上北门楼，士兵望见，士气大振，挫败辽兵。辽遣使求和，签订了有名的“澶渊之盟”。

披云楼，高耸入云，披云接天，登楼四眺，俯瞰全城，诸般景色，尽收眼底。夕阳西照，霞光万道，瑞气千条，披云楼犹如空中仙阁，远远望去，云朵飘逸，恰似骏马昂首奔腾。古诗曰：“披云楼与白云齐，万井桑麻入眼底。晓日苍凉澶濮外，鸡鸣山下乱鸡啼。”

现遗址尚存，拟复建此景。

八、东寺晓钟

东寺，亦称太平兴国寺。《一统志》云为“宋时敕建”，清朝康熙十年（1671年）重葺，乾隆五十四年（1789年）知州梁钟杰重建。太平兴国寺香火最盛时占地十余亩，庙宇五十余间，供奉佛教铜像数尊，每天拂晓寺人撞钟，声音响遍全城，全城均起床开始劳作。傍晚复撞晚钟，全城人陆续入眠。

昔时，濮阳城内有东文昌阁、西文昌阁，东文昌阁位于城内东南隅，也有人将东文昌阁称作东寺。东文昌阁在太平兴国寺内。

有桥中通。逾桥，则进入山门魁楼。魁楼高二层，巍巍壮观，琉璃盖瓦，八角挑檐，檐角坠有铜铃，风吹铃动，叮当作响。越过魅楼，便是一广院，东西有配亭，中是明柱方格亭堂，左右有月门可通。进至中院，中为文昌阁，为主建筑，仿文庙大成殿，内塑像十尊，供奉舍利，大殿左右配房亮堂。再进至后院，便是三代祠，供奉文昌帝君。东有一小院，名曰“禅堂”，另辟小门，是僧侣食宿之所。

东文昌阁，呈长方形，楼堂殿阁参差巍峨，布局合理。院内碑碣林立，松柏梧桐浓郁覆盖。内有铁钟一口，高二米，周一匝（约1.7米），每天早晨，僧徒叩钟，洪亮雄浑的钟声，响彻全城。于是僧侣开始佛事活动，市民纷纷起来，洒扫街院，整饰门面，开始新的一天。古诗曰：“声声敲散晨光寒，万点疏星一瞬残。独有老僧高卧稳，不知佛国候金丸。”这首诗真切地记述了东寺晓钟的情景。

【资料来源：

1.濮阳地方历史志办公室校注：《开州志（明·嘉靖版）》（王崇庆主编）.郑州：中州古籍出版社.2017.

2.濮阳县地方志编纂委员会编：《濮阳县志（1980—2000）》.郑州：中州古籍出版社.2008.

3. 濮阳地方历史志办公室校注：《开州志校注（清·光绪版）（修订版）》（王崇庆主编）.郑州：中州古籍出版社.2016.】

第八卷

清朝诗词

（上卷）

一、张 晋

【作者简介】张晋，字隽三，清山西阳城（今山西阳城）人。诸生。工诗，长于七古。足迹遍天下，后落拓以死。著有《艳雪堂诗集》。

1 移家澶渊呈载园刺史（五律）

岂不怀乡里，翻为尽室行。
一贫累妻子，百事费经营。
地僻春堪赁，心闲梦自清。
南州劳设榻，今我亦苍生。

2 寓澶渊官署（古风）

【题序】读乡前辈郭梅厓兆骐先生诗集，题后，时寓澶渊官署。

吾乡诗学略可考，午亭而后传人少。
先生继起张吾军，笔力居然追杜老。
力可扛鼎气纵横，笔能屈铁心和平。
有时忽作变征调，小夫咋舌迂儒惊。
我昔未见先生集，吉光片羽已珍袭。

澶渊刺史今谪仙，坐上往往罗群贤。
先生有子抱集至，读罢击节声相连。
我爱谈诗究诗旨，眼中颇亦轻余子。
先生五字实长城，不专古体专今体。
吾乡诗坛谁主持，前贤后贤空相思。
先生未见午亭面，我亦仅读先生诗。
人生遇合何相左，一代传人岂琐琐。
作歌欲遣先生知，转恨先生不见我。

3 由开州之临漳道中作（五律）

若不驱车出，那知春已深。
莺花如恋客，杨柳欲成阴。
土润前宵雨，风开远树林。
铜台俯漳水，遗迹为重寻。

4 九日同载园刺史瑕邱登高（五律）

名胜檀弓旧，登临戏马同。
飞楼横木杪，寒菊艳霜丛。
命酒风吹帽，思乡雁叫空。
即看行东地，归骑莫匆匆。

5 秋日载园刺史约同人游瑕邱作（五古）

行乐无古今，陵谷有变迁。
风流不歇绝，赖此文字传。

斯邱载《檀弓》，遗迹幸未湮。
主人约嘉客，选胜追昔贤。
登顿忽忘疲，周览开心颜。
是时雨初霁，林木含朝烟。
微风荡空翠，扑我襟袖间。
千里纵远目，平楚何苍然。
恨不起往哲，执手同周旋。
主人发高唱，实从挥锦笺。
修禊咏《兰亭》，雅集记《西园》。
以今而视昔，夫复何让焉。
斜阳欲西匿，去去还流连。
谁是后来者，一笑摇归鞭。

二、袁 枚

【作者简介】袁枚(1716—1797)，字子才，号简斋，清浙江钱塘(今浙江杭州)人。乾隆四年进士。历任溧水、江宁等县知县，有政绩。诗主性灵，古文骈体自成一格。著有《小仓山房集》《随园诗话》《子不语》等。

澶渊(七律)

路出澶河水最清，当年照影见亲征。
满朝白面三迁议，一角黄旗万岁声。
金币无多民已困，燕云不取祸终生。
行人立马秋风里，懊恼孱王早罢兵。

三、严遂成

【作者简介】严遂成(1694—?),字崧瞻,号海珊,清浙江乌程(今浙江湖州)人。雍正二年进士。官至云南嵩明知州。历游豫、楚、滇、黔。诗工咏古,撰《明史杂咏》四卷。著有《海珊诗钞》。

先贤仲子祠(五律)

藁葬衣冠处,空祠澶水滨。
此邦无父子,吾道自君臣。
鼠迹尘瑶瑟,苔痕网锦茵。
翛翛风振木,下马拜行人。

【注释】仲子祠:在州北戚城之左。

四、史　密

【作者简介】史密，初名襄龄，字梅叔，号梅裳，清山东济宁（今山东济宁）人。嘉庆癸酉年拔贡，历官淡水同知。著有《史梅叔诗选》。

雨（五律）

入夜高檐雨，孤镫照欲明。
空堂沈海气，虚阁走江声。
但湿开州路，休浸滑县营。
何如劳旋后，留洗朔方兵。

五、孙星衍

【作者简介】孙星衍(1753—1818),字伯渊,号季逑,清江苏阳湖(今江苏武进)人。乾隆年间进士。历任授编修、刑部主事、山东督粮道。少工词章。著有《尚书今古文注疏》《芳茂山人集》等。

濮阳茇舍(古风)

我从沛上至濮阳,跋涉原隰凌冰霜。
鸠形鹄面绕车辙,升斗未遍无馀粮。
频年买谷无长计,仓囷空虚折钱币。
可怜满把不充饥,谁省灾黎更憔悴。
我从补赈聊从宽,明知多弊核实难。
中台未绝胥吏费,外省只增供张繁。
君不见汲长孺,河内发粟不取旨。
又不见刘思立,请废赈簿停诏使。
魏君作札还相狎,讥我沿途购书帖。
虚名或恐误苍生,善政谁知困成法。

【注释】原题目为“题吴君(文徵)为子画海岱搴帷图十帧其七·濮阳茇舍”。茇(bá)舍:草屋;跋涉。

六、成 光

【作者简介】成光（1642—1718），字近天，号仲谦，清直隶大名（今河北大名）人。成克巩之子。以荫官湖南粮储道。工书，间亦作画。精鉴赏，富收藏。著有《素园集》。

客秋别汗朱于都门至是造访濮阳（五律）

名流垂画舫，才致近归君。
夜拥青藜杖，朝挥白练裙。
悲歌辞上谷，握手对南薰。
吾辈何摇落，同淹麋鹿群。

七、洪亮吉

【作者简介】洪亮吉（1746—1809），字稚存，号北江，清江苏阳湖（今江苏武进）人。乾隆年间进士。为乾嘉学派著名学者，著述甚富，兼工辞章。词清疏俊爽。著有《洪北江诗文集》《更生斋诗馀》。

李大令符清濮阳跨驴卷子（五律）

琴堂三月别，独跨一驴来。
面目都非是，衙胥各浪猜。
讵知行役苦，安怪壮颜摧。
他日传循吏，推君利济才。

【注释】李符清，字仲节，号海门，生卒年月不详，清广东合浦（今广西壮族自治区光海市下辖县）人。举人。嘉庆八年（1803年）任开州知州。

八、严 勋

【作者简介】严勋，字扆臣，号少华，清浙江秀水（今浙江嘉兴）人。顺治辛丑年进士，与兄观弟临主盟越坛者二十余年，四方有严氏三昆之目。

牧豕行（古风）

淄川老翁善牧豕，朝朝暮暮豕边伺。
天子一日诏书下，老翁杖策君门试。
天子顾之颜色开，待诏金马何雄哉。
拔起草莱事明主，长辞尔豕心徘徊。
老翁曲学世所贱，老翁致身捷如电。
峨峨丞相践台阶，列土平津重主眷。
东阁讵有贤人来，分茅曾未由折箭。
君不见广川醇儒董仲舒，江都胶西遍曳裾。
又不见濮阳名卿汲长孺，淮阳卧治泣如雨。
公孙学术殊不同，天子亲幸全初终。
区区岂因对策工，辕固老人洵冥鸿。

【注释】汲长孺：汲黯，字长孺，唐东郡（今河南濮阳）人。汉代名臣，《史记》有传。

九、全祖望

【作者简介】全祖望（1705—1755），字绍衣，清浙江鄞县（今浙江鄞县）人。乾隆元年进士，选庶吉士。散馆后以知县任用不就。后主广东端溪书院讲席。著有《鲒埼亭集》《经史问答》《困学纪闻》等。

闻道（五古）

闻道中书令，亲防瓠子河。
度支良不惜，疏导竟如何。
浊浪南来促，危堤郭上过。
朝朝卜秋汛，莫笑杞忧多。
欲与水争地，由来亦大难。
移民无上策，沸鼎有狂湍。
国仗鱼盐重，人愁井里残。
谁其刑白马，拜表诉重坛。
先汉王延世，前明潘季驯。
庙廷方侧席，海宇岂无人。
四渎何当合，长淮未可湮。
天心怜赤子，早为降庚辰。

【注释】瓠子河：在州西，距城二十五里。

十、吴兆麟

【作者简介】吴兆麟，字书瑞，号筠轩，清钱塘（今浙江杭州）人。道光壬辰年举人，历官江西盐法道。著有《铁花山馆诗稿》。

秋日感怀其二（七律）

征调频烦杼柚空，疮痍调护赖年丰。
歌兴瓠子河流阔，浪溢蒲昌海气雄。
三辅凉风摧落叶，九重天语问哀鸿。
流民安集诚何策，都在宵衣旰食中。

【注释】瓠子：即瓠子河，在州西，距城二十五里。

十一、曾广钧

【作者简介】曾广钧(1866—1929年),字重伯,号伋庵,湖南湘乡(今湖南湘乡)人。曾国藩长孙。光绪十五年(1889年)进士。历任翰林院庶吉士、翰林院编修、广西知府。

赠黄鹿泉直刺之官滇南其三(七律)

欲引南能学西笑,宗雷讲席起冲波。
谁软稷下折黄鹞,逝者青城骑白骡。
晚共师涓悲濮水,老忧金狄卧盘陀。
遥知匹马移兵地,春色长临赌咒河。

【注释】濮水:在州东南,距城六十里。

十二、常时泰

【作者简介】常时泰，字交甫，生卒年月不详，清开州（今濮阳县）人。顺治己亥年（1659年）进士，授思南司理参军，有政声。善古诗兼善古文辞，著作甚多，藏于家。

颛顼城（五古）

步出城东门，遥望颛顼郭。
鸿都莅万方，敷基平且拓。
信美畿辅乡，人风长朴略。
田父不记年，往往见楼阁。
於昭干祀灵，神化缅犹托。
陇头一以眺，霞彩烂穹幕。
光景动清澶，兹邱诚可作。
匡俗赖遗民，但厚无由薄。

十三、孙棨

【作者简介】孙棨，生卒年月不详，清浙江嘉善(今浙江嘉善)人，举人，康熙六年任开州知州。勤于政治，修儒学，垦荒地，建文昌阁，以培文风。建常平义仓，以备水旱。修州治墙垣，四境晏然。续修州志，采辑恰当。循声善政。

1 御井碑亭（五古）

城南有小亭，云是真宗井。
凤甃荫露床，辘轳转修绠。
泠泠石发寒，湛湛碧流静。
大字镌回銮，穹碑志巡幸。
缅思驻跸时，万马龙骧整。
安危任大臣，强敌气自屏。
至今千载后，英风犹耿耿。
吊古汲此泉，一酌怀清泠。

2 谒仲卫公墓（五古）

策马过戚城，松柏森苍翠。
谒调进古祠，墓道肃幽邃。
景此升堂彦，诞生笃灵异。

括羽矫初质，鼓瑟负奇气。
慷慨结缨心，忠信伸素志。
崇碣表幽宫，蘋蘩肃千祀。
寒云郁苍莽，层台尚兀峙。
想见俎豆间，毅魄时降止。
吾怀负米心，生养不克致。
杯洒酹先贤，抚躬增涕泗。

3 文昌阁落成赋酬安靖九（五言排律）

黄道文明启，奎光焕斗躔。
诗书资黼黻，礼乐重陶甄。
地喜王畿近，人惭司牧专。
淮阳徒卧阁，单父漫调弦。
幸值风和日，欣逢俊乂贤。
乘间开艺圃，选胜得城壖。
庙貌丹青剥，阶除鸟雀旋。
蛛丝萦藻井，鼯迹窜雕椽。
扫蔓新祠易，依垣筑土便。
绛帷冠珮肃，绣拱日星悬。
有赫神灵著，於昭造化权。
化身余九十，司禄遍三千。
蕊榜风云会，琅函姓氏诠。
染衣占古柳，点首选青钱。
肃穆瑶墀月，氤氲紫殿烟。
文澜潭漾縠，笔彩沼舒莲。
花外罘罳静，庭阴埤堄联。

车来停鹤盖，剑合淬龙泉。
授简迟多士，蜚英羡少年。
敢云栽棫朴，庶尔馥兰荃。
大雅论时辈，如君孰比肩。
楷模元礼重，月旦汝南传。
通德门堪隐，栖真谷自迁。
他时征硕彦，胜事纪澶渊。

【注释】斗躔：斗，北斗星。躔（chán）：日月星辰的运行。黼黻（fǔ fú）：泛指礼服上所绣的华美花纹。俊乂（yì）：才德出众的人。壖（ruán）：城下宫庙外及水边等处的空地或田地。鼯（wú）：飞鼠，飞虎。蕊榜：进士榜。罘罳（fú sī）：古代的一种屏风设在门外。埤堄（pì nì）：城上呈凹凸形而有射孔的矮墙。棫（yù）：白桵，一种小树，丛生。

十四、张同堂

【作者简介】张同堂，生卒年月不详，清开州（今河南濮阳）人。

1 谒仲子墓（七律）

浩气行行镇戚城，墓门展拜尚如生。
千秋俎豆临周道，万古琴书靖卫兵。
俗美仍留蒲邑化，碑残莫考汉家评。
苍松翠柏凌风雨，犹作当年剑佩声。

【注释】仲子墓：在州北戚城东。

2 鹤城（七律）

闲城养鹤几时休，鹤去城空迹尚留。
伊昔云霞开别墅，而今草木感荒邱。
晴霄不见仙禽舞，夜雨何堪旅客游。
寄慨乘轩千载事，飞飞鸦阵占墙头。

【注释】鹤城：在州东。

3 瓠子河（七律）

挽尽狂澜障百川，瓠河掩映水中天。
渠通月色添渔火，岸息风波住客船。
淮泗寻源迷夕照，澶渊问渡冷秋烟。
停桡欲访宣防绩，璧马消沈不计年。

十五、曹 寅

【作者简介】曹寅（1658—1712），字子清，号荔轩，又号楝亭，清朝旗籍汉人。曹雪之祖父。康熙时大臣、皇商。历任康熙銮仪卫、苏州织造、江宁织造。著有《楝亭诗钞》《楝亭词钞》《楝亭书目》。

古北口中秋（七绝）

山苍水白卧牛城，三尺黄旗万马鸣。
半夜澶州看秋月，河山表里更分明。

【注释】澶州：即开州（今河南濮阳）。

十六、刘光照

【作者简介】刘光照，字五云，号子元，清浙江海盐（今浙江海盐）人。工诗，善画山水，得同里李修易法，笔意秀逸，亦能干湿互用，为修易后一人。著有《般水杂记》。

张仪村（五绝）

莫鄙纵横士，张仪尚有村。
怀王深自可，不忍犯中原。

【注释】张仪村：在开州（今河南濮阳）内。

十七、张燕彤

【作者简介】张燕彤，生卒年月不详，清开州（今河南濮阳）人。

柳下堆（七绝）

堆前荷立兼河蓑，堆后骑牛横笛歌。
樵子牧童袒裼处，至今柳下惠风和。

【注释】柳下堆：即和圣柳下惠墓。

十八、何 远

【作者简介】何远，生卒年月不详，清开州（今河南濮阳）人。

清邱烟柳（七律）

沧桑历历此遗邱，望遍垂柳系客愁。
春霭回风迷近远，岚光产树任沉浮。
丝穿语燕深深出，青拂行人款款留。
玉敦珠盘俱寂寞，欲凭俯仰识千秋。

【注释】清邱：在州东南，距城七十里。

十九、叶方蔼

【作者简介】叶方蔼(1629—1682),字子吉,号讱庵,清江南昆山(今江苏昆山)人。顺治十六年进士。历任授编修、侍讲、侍讲学士、侍读学士、礼部侍郎、刑部侍郎。卒谥文敏。著有《叶文敏公集》《独赏集》。

商君(七绝)

商君立法古无伦,谁道兴秦是灭秦。
看到车前分裂日,咸阳市上笑千人。

【注释】商君:商鞅(公元前390—前338),姓公孙名鞅,又称卫鞅、公孙鞅,号商君,卫国(今河南安阳、濮阳一带)人。战国时期著名的政治家、军事家、思想家与变法家,法家代表人物。著有《商君书》。

二十、朱彝尊

【作者简介】朱彝尊（1629—1709），字锡鬯，号竹垞，清浙江秀水（今浙江嘉兴）人。著名词人、学者、藏书家。康熙己未年，以布衣召试博学鸿辞，官翰林院检讨。著有《曝书亭集》。

平陵东（乐府）

平陵东，蒿艾蓬。
尔为谁，劫义公。
扒者金，伐者鼓。
缚义公，大旗下。
帐前力士头虎毛，
传呼欲下五尺刀。
如可赎，君归卖白马，
我归卖黄犊。

二十一、龚自珍

【作者简介】龚自珍(1792—1841),字璱人,号定庵,清浙江仁和(今浙江杭州)人。道光九年进士。授内阁中书,官礼部主事。晚清思想界先驱者。诗文均自成一家。著有《定庵诗集》《定庵词》。

己亥杂诗·其一百九十九(七绝)

野东修竹欲连天,苦费西邻买笋钱。
此是商鞅垦土令,不同凿空误开边。

【注释】商鞅(公元前390—公元前338),姓公孙名鞅,又称卫鞅、公孙鞅,号商君,卫国(今河南安阳、濮阳一带)人。战国时期著名的政治家、军事家、思想家与变法家,法家代表人物。著有《商君书》。

二十二、安九埏

【作者简介】安九埏，生卒年月不详，清开州(今河南濮阳)人。幼颖悟，登顺治乙未年(1655年)进士，授浙江德清知县，后历署广西来宾、北流等县，多善政。后家居，同辑州乘，论断有识，人多称之。

题文昌祠(五言排律)

北辰环帝座，东壁启人文。
仙吏明禋初，神功朴斫勤。
石礲修月斧，匠砥运风斤。
庙貌临春沼，奎光护裔云。
连甍开粉垩，飞盖续缤纷。
御井新通巷，天闲旧起坟。
红桃临岸发，绿树映阶分。
堤筑金鳌背，波莹玉女裙。
此邦今燕喜，多士日氤氲。
掷地天台赋，行空冀野群。
淬锋兼后劲，健翮入高雯。
观国来鸣鹿，成章赋采芹。
材堪程杞梓，社许近榆枌。
营室推前辈，登堂赖使君。

诸生亲绛帐，遗老望朱幩，
弦诵当朝爽，瞻披过夕曛。
歌诗追孝友，秩礼荐芳芬。
司命灵如在，扶轮德共欣。
训辞何赫奕，钟鼓自声闻。
七曲辉台极，中天蔼瑞氛。

【注释】文昌祠：即文昌阁，在州吕邱店，明万历四十七年建。斫（zhuó）：木斧；砍斩。硥：磨刀石。硥（mǎng）：石貌。矞云（yù yún）：三色彩云，古代以为瑞徵。甍（méng）：房屋、屋脊。氤氲（yīn yūn）：指湿热飘荡的云气，烟云弥漫的样子。翮：羽根；鸟翼。榆枌（yú fén）：榆树；指故乡。幩（fén）：马喘气时随气体飞舞的马嘴边巾带。

二十三、李符清

【作者简介】李符清，字仲节，号海门，生卒年月不详，清广东合浦（今广西合浦）人。举人。嘉庆八年（1803年）任开州知州。值衡家楼黄水漫溢州境，筑堤、赈恤，民被其德。九年，修州志。旋升任深州、直隶州知州。善古诗文辞，著作甚多。

1 署斋题壁三首（七绝）

【题序】余丁未岁摄清丰宰，奉檄浚洵北河，策蹇归，过澶州，梁柱峰刺史留宿。今来作牧，而柱峰已下世数载矣，感成一绝。

其一

策蹇冲泥过濮阳，廿年情事感茫茫。
谁知得雨堂前客，又卧元龙旧日床。

其二

一味庵花看已迟，城西又及牡丹期。
看花须看花初发，莫待花开极盛时。

其三

北地当春不当春，桃蹊柳陌祗风尘。
小园也有湖山趣，一盏梨花欲醉人。

2 秋日即目（五绝）

荒城十里半菰芦，

红树参差入画图。
云里一声鸿雁下，
始知城内有西湖。

3 从郡城还开州道中二首

其一　从大名郡城还开州（五古）

【题序】中秋前一日，从大名郡城还开州，是夜五鼓过清丰，访吴辉山大令，小酌玩月即别。

驰驱三百里，砺碌夜继日。
荒村鸡乱啼，霜华照车辙。
已届十五晨，还看十四月。
一样清光满，莫更辨圆缺。
叩关访令尹，披衣直排闼。
寻诗人未眠，把酒清兴发。
旧事与新闻，剧谈真刺刺。
升沉自有定，阴晴难预决。
今宵不可知，及时赏佳节。
晓钟促归鞭，醉中又小别。

其二　雪后从郡城还开州道中有作（五绝）

雪霁出东郡，漫漫认路迟。
诗清驴背得，土润麦心知。
欲渡呼舟子，深寒盼酒旗。
不须愁日暮，明月待归期。

4 戚城谒仲夫子墓（五律）

食禄焉逃难，高贤此结缨。
一抔坟在戚，千载气为城。
古郁松楸色，悲凉鸟雀声。
我司笾豆事，瞻拜敬心生。

5 谒柳下惠墓（五古）

昔闻柳下风，今官柳下里。
惟介故能和，我我复尔尔。
遗碣表墓门，俎豆春秋祀。
兴起百代人，何况桑与梓。

6 出郊（五古）

阴雨生春寒，霡霂郊原足。
初晴出郭门，池柳泛新绿。
野园无名花，桃李不嫌俗。
沿村省麦田，芃芃慰司牧。

7 登古戚城作（五律）

落日催归骑，停鞭上戚城。
此时犹雉堞，当日最刀兵。
外圃羞蒙乘，高台感结缨。
我因成邑志，访古动遥情。

二十四、马允刚

【作者简介】马允刚，字见一，号雨峰，生卒年月不详，清开州（今河南濮阳）人。性刚直。乾隆辛卯年中副车，甲午年（1774年）举于乡。官陕西镇安、甘泉、河县等县知县，汉中、池州等府知府。劝农桑，除奸盗，所在有政声。好培植人才，贫而志学者皆收入署中训课，一时登科及第者甚众。刻有《唐诗正声》《孝经劝善》等书。

1 宣防宫故址二首（五律）

其一

汉武防河日，遗宫旧址存。
当年瓠子决，今日季苗繁。
沉璧驯龙性，堙流斩竹园。
安澜歌帝力，千载忆重阍。

其二

銮舆留盛地，大略著河隍。
负土公卿尽，成功竹箭长。
怀襄劳睿虑，昏垫望对康。
一代勤民迹，愁看瓦砾场。

【注释】宣防宫故址：在州西南。

2 濮阳胜景楼（七律）

濮水东流旧有源，澶城遥望势潺潺。
高楼揽胜何年事，遗址留名后代传。
一自河隍迁故道，至今栏槛付苍烟。
当时形胜全非旧，一度登临一慨然。

【注释】濮阳胜景楼：即濮阳楼，在州治前。

3 浮翠桥（五律）

宛宛虹桥跨碧流，波光浮翠接芳洲。
崇冈远映宜防迹，古渡曾通瓠子舟。
七空高悬留盛迹，千年利涉想贻谋。
今逢四海安澜日，空此舆梁在道周。

【注释】浮翠桥：在州城南数里外。宋熙宁四年建，明代复修之，今废。

4 云峰寺（七律）

岧峣古刹望云峰，殿撰读书有旧踪。
谁见烟峦平地起，何年杖锡住禅宗。
瀛洲独步人如玉，十道抡才金在熔。
故迹当年曾想象，愁闻斜日一声钟。

【注释】云峰寺：在州城南四十里外，前代因天晦时仿佛见有云峰之现，遂相传以云峰名之。

5 程夫子莲花池（五律）

澶渊曾教授，随意种青莲。
相勖为君子，非同玩物然。
一泓延教泽，数亩忆荷钱。
会得亭亭意，千秋永护旃。

【注释】莲花池：在州城内学宫后。宋熙宁时，程子为澶渊教授，时因地势洼下，为池种莲其中。

6 清河头（七律）

十里莲塘漾碧波，芡菱菡萏满清河。
堤高遥忆熙宁绩，岸远今听渔火歌。
宝刹龙泉松柏古，杏冈春色雨烟和。
观凫亭畔荒荒址，一径行来踏绿莎。

【注释】清河头：在州城东二十里外。

7 杏花冈（七律）

杏花冈上杏花红，岁岁春晴艳暖风。
万树芳菲开似锦，一林烟雨画难工。

村连佛刹天花乱，地近荷塘晓露浓。
绿水白沙相映处，依稀人到洛城东。

【注释】杏花冈：在州西北。宋熙宁时，黄河沙涨所成，高下数里。

8 青云寺（七律）

岧峣一塔薄秋雯，攀蹬登临俯夕曛。
绝顶藜光常照耀，半空法雨自氤氲。
河临苍马龙驯性，地接冈陵树拂云。
传是先朝弦诵地，阶前徙倚采香芸。

【注释】青云寺：在州城东南七十里外夹堤上，唐贞元时建。

9 狮子寺（五律）

狮子何年至，阶前石像存。
毒龙防灭性，狂象敢争喧。
佛日光辉大，空门法戒敦。
参深禅教理，伏虎见威尊。

【注释】狮子寺：亦称唐寺，元时有太监重修之。

10 慈云阁（七律）

慈云阁下西湖水，一片澄明似镜湖。
山色水光相照耀，芦花柿叶共纷敷。

何期市井藏荷沼，不谓城隅有奥区。
稽古当年遗泽在，琅函四百忆香幮。

【注释】慈云阁：在州城西南隅小西湖南陂上，为前明太子洗马晁镜湖先生读书处。

11 读王中丞仲爱公碑刻（五律）

中丞手迹人稀见，何幸螭鳖此尚存。
笔走龙蛇势飞动，文含古奥气氤氲。
元和碑版谁能继，仙洞琅函世少闻。
相看相摩心共手，不知红日已西曛。

【注释】碑刻：在清河头泰山庙内。文笔古厚，书法带八分体。

12 过饶峰（七律）

叠叠寒山翠几重，兴元奇险说饶峰。
数家村落依残垒，半岭寒鸦下夕舂。
战血年深悲化碧，行人道倦话传烽。
临风欲问前朝事，今古茫茫感旧踪。

【注释】饶峰：即饶峰关，在陕西省石泉县西北的饶峰岭上，是古子午道上的重要关隘之一，是古代川陕鄂交通咽喉。

13 披云楼(七律)

宋帝当年建此楼，登临凭籍阔貔貅。
契丹终自尊中国，丞相当年握胜谋。
孤注谗言真可恨，摴蒱义胆讵堪俦。
至今仿佛旌旗在，万岁呼声满道周。

【注释】披云楼：在澶州治所附近，今濮阳县城关镇粮管所内。宋真宗驾幸澶渊时，登临望契丹兵之处。貔貅(pí xiū)：猛兽名；比喻来犯之敌。摴蒱(chū pú)：一种古代博戏。

第九卷

清朝诗词

（下卷）

一、孙 棨

【作者简介】孙棨，生卒年月不详，清浙江嘉善(今浙江嘉善)人，举人，康熙六年任开州知州。勤于政治，修儒学，垦荒地，建文昌阁，以培文风。建常平义仓，以备水旱。修州治墙垣，四境晏然。续修州志，采辑恰当。循声善政。

五贤诗五首(五古)

【题序】开州故有五贤祠，祀乡贤汲公黯、吴公隐之，名宦王公彦章、寇公准、程公颢。五公者皆日星乔岳，千载所瞻仰也。余作牧此邦，追维先哲，各赋古诗一章，以志景行焉。

（1） 汲内史黯

汲公古遗直，矫矫如龙翔。
伉辞折万乘，骞谔以自将。
正色汉廷上，目已无弘汤。
长揖大将军，意气何慨慷。
发蒙与振落，诸臣固易量。
伟哉汲大夫，逆节销骄王。
忠鲠终见惮，垂老卧淮阳。
呜呼社稷臣，竟为曲学妨。
遗风尚未泯，后世怀刚方。

俎豆有丰祠，终古于此邦。
悠悠后来者，谁与为颉颃。

（2） 吴尚书隐之

晋人尚旷达，规检不复知。
丧母进酒炙，风流递相师。
遂令罔极恩，弃置忽如遗。
卓哉有吴公，孝著居丧时，
终日发哀励，邻母为嗟咨。
及乎官广南，廉操犹自持。
酌泉以见志，赋诗慕夷齐。
古人所难能，在涅而不淄。
清风映后先，千载标芳轨。
吾来为民牧，屡拜先生祠。
愿追异代躅，庶免来者嗤。

（3） 王太师彦章

晋梁纷争雄，夹河战不歇。
置城得胜津，坚垒苦冲突。
王公每摧锋，屡却沙陀卒。
受命发汴中，专征秉节钺。
三日下南城，智计何勇决。
大将制群小，罪之以画笏。
奏事未及终，欻已兵柄失。
郓中苦战时，日落阵云没。
人死要留名，斯言贯日月。
荒草莽萧萧，英雄埋白骨。

吾来吊秋原，抔土无遗碣。
三复欧公文，临风转鸣咽。

（4） 寇莱公准

莱公卓荦姿，才识冠当代。
大节耿秋霜，立朝著风概。
强敌压境时，举国尽惶骇。
惟公屹不摇，决策保险塞。
扈从北渡河，风雷起旌旆。
六飞驻龙旗，三军拜羽盖。
欢呼万岁时，危城气自倍。
制胜饮博中，从容奏敌忾。
社稷一朝安，锁钥千年在。

（5） 程纯公颢

洙泗既已远，至教渐沦落。
斯文幸未坠，先生起河洛。
肆力穷圣奥，微言绍绝学。
六经丽中天，百家掩芒爝。
登朝论新法，正议抗安石。
去国一身轻，来就澶州幕。
寒夜抚归卒，宵小不得虐。
屹屹长堤成，万姓免沟壑。
庙貌祀蒸尝，地夤神灵托。
瞻仰春风堂，光霁宛如昨。
启后垂精微，造道资矩跃。
遥遥百世后，芳徽益昭灼。

二、马允刚

【作者简介】马允刚，字见一，号雨峰，生卒年月不详，清开州（今河南濮阳）人。性刚直。乾隆辛卯年中副车，甲午（1774年）举于乡。官陕西镇安、甘泉、河县等县知县，汉中、池州等府知府。劝农桑，除奸盗，所在有政声。好培植人才，贫而志学者皆收入署中训课，一时登科及第者甚众。刻有《唐诗正声》《孝经劝善》等书。

谒名人墓六首

（1） 高阳墓（七律）

十丈巍峨表帝丘，澶渊南望水东流。
佳城终古传高垒，元化千年仰圣猷。
云满寒原龙护卫，风生春树鸟钩辀。
岿然孤峙松楸古，樵牧由来莫妄投。

（2） 柳下惠墓附盗跖墓（五律）

千年和圣迹，故垒尚依然。
樵采仍相戒，农民亦护旃。
古碑残绿字，衰草起寒烟。
跖墓禅林下，毁伤剧可怜。

【注释】柳下惠墓：在州东南六十里外大韩村南。

（3） 蘧伯玉墓（五律）

卫国多君子，知非独莫攀。
学成惟寡过，修德似为山。
千载蘧村路，高坟落照间。
超然台自古，十仞仰贤关。

【注释】蘧伯玉墓：在州城南五十里处蘧村，俗名八里堌堆。

（4） 吴隐之墓（五律）

晋代有高士，投钱著令名。
持身期守介，饮马见心清。
遗冢累累古，苍松谡谡声。
前贤芳迹在，瞻拜仰孤贞。

【注释】吴隐之墓：在州城西北四十里外硝河北岸上。

（5） 王彦章墓（五律）

梁代称名将，澶渊旧著勋。
铁枪真劲敌，死豹炳奇文。
不愧忠贞士，能留宿草坟。
人亡名不灭，志节仰秋云。

【注释】王彦章墓：在州城东南七十里外忠陵村前。王彦章曾为开州刺史，有德于民。

（6） 石守信墓（五律）

宋祖兴王日，将军护驾时。
忠勤终始著，义勇古今知。
事业留青史，勋名记断碑。
伐吴遵约束，如雨仰王师。

【注释】石守信墓：在州城东南石家店村前，宋名将。

三、李符清

【作者简介】李符清，字仲节，号海门，生卒年月不详，清广东合浦（今广西合浦）人。举人。嘉庆八年（1803年）任开州知州。值衡家楼黄水漫溢州境，筑堤、赈恤，民被其德。九年，修州志。旋升任深州、直隶州知州。善古诗文辞，著作甚多。

游瑕邱七首

（1） 癸亥夏同友人游瑕邱作（五律）

尝读檀弓记，瑕邱胜地传。
我今来作牧，高躅想名贤。
一望川原阔，周围水木偏。
同游非俗侣，此乐似当年。

【注释】檀弓记：《礼记·檀弓》记载：公叔文子和卫大夫蘧伯玉登瑕邱时说："乐哉，斯邱也！"瑕邱遂成名胜之地。

（2） 秋分同友人游瑕邱三首（七绝）

其一

秋郊夙驾雨初零，禾黍才登野半青。
选得名贤行乐地，共迎南极老人星。

其二

四望平原百里遥，秋分万木未全凋。
溪边景物真如画，有客携童度小桥。

其三

共说澶州水木区，城限枉自咏西湖。
嘉宾胜地交相得，拟写瑕邱雅集图。

（3） 上巳日游瑕邱寄唐采江明府二首（七绝）

其一

出郭晴当上巳辰，半寻胜迹半寻春。
春光自比秋光好，却少吴淞泼墨人。

其二

远观山色上高楼，又度桥看曲水流。
料得澶州成故事，年年修禊在瑕邱。

（4） 九月五日郊行即事（五古）

野旷秋收后，风高木落初。
四郊青入画，三日晓驱车。
近节黄花瘦，遥天白雁疏。
行行非觅句，袖有治河书。

（5） 何椒谷孝廉瑕邱登高（七律）

【题序】九月九日同陈竹湖刺史，杨柱峰、延荔浦两明府，何椒谷孝廉瑕邱登高。

名贤胜迹有高台，九日登临望眼开。
岱岳云生龙未蛰，澶渊水冷雁初来。
青松影入游僧榻，黄菊香浮座客怀。
好景落谁诗句里，惊人语乏掞无才。

（6） 琅邱登高归示张隽三（七律）
每逢重九便题诗，况值良朋雅集时。
地有楼台凭眺久，天将风雨怕归迟。
茱萸酒薄成微醉，鸿雁声高动远思。
为问闭门张仲蔚，也曾把菊咏东篱。

（7） 登高归途呈陈竹湖、杨柱峰两同年（五律）
细雨湿归路，车尘净不生。
麦苗有喜色，树杪作秋声。
无限登临感，难忘故旧情。
联诗兼对酒，一笑破愁城。

四、查彬

【作者简介】查彬（1762—1821），号憩亭，又号湘芗。清湖南湘乡（今湖南湘乡）人。乾隆年间（1783年）举人，次年进士，历官安徽凤台县、怀宁县等知县，郑州、信阳州等知州。著有《湘芗漫录》。

澶渊杂咏二十四首（七绝）

（1）古澶州

延邱西去又旄邱，败垒颓垣满陌头。
十里沙城横半壁，黄芸白日古澶州。

（2）颛顼城

颛顼遗都鸟雀喧，碑残堞废乱苔痕。
棠梨花淡楸梧老，凉月西风帝子魂。

（3）蓼花古亭

濮阳门外蓼花汀，禾黍离离古帝亭。
满路寒蝉溪上月，一天冷露湿流萤。

（4）重华台

黄鸟声娇紫燕肥，重华台畔雨霏霏。

绮罗人尽春无主，红杏满林花乱飞。

（5）子路墓

戚城东望碧天遥，古墓苍松独后凋。
当是结缨生气在，半林斜日晚萧萧。

（6）瑕邱

梨花如雪柳花新，寒食东风草色匀。
公子已无三尺土，瑕邱常占一林春。

（7）楚王台

韩信城荒秋草白，楚王台废夕阳殷。
须知狗兔同归尽，定霸分符事等闲。

（8）瓠子堤

平沙漠漠古黄河，璧马宅存瓠子歌。
寂寞鱼龙烟雨夕，白杨红寺晚鸦多。

（9）王崇庆墓

指佞批鳞矫节符，权臣侧目主恩殊。
故园祠墓杉松古，想见当年气岸孤。

（10）吴隐之墓

处默荒墟没野蒿，清风千载足松涛。
伊谁戒饮贪泉水，争似先生不易操。

（11） 得胜渡

得胜津头练雀鸣，复关堤下暮烟横。
西风一夜潇潇雨，满眼槐花上古城。

（12） 王彦章墓

百战曾轻鸦子军，黄沙白草伴孤坟。
声声呜咽澶渊水，犹恨英雄误择君。

（13） 宋真宗驻跸处

百千戎马北征时，万岁声中一角旗。
宋王离宫今茂草，风云独护井泉碑。

（14） 北门楼

北门谁拥翠华来，锁钥澶城将相才。
月殿烟扉千载事，不须当日起楼台。

（15） 程颢祠

荒祠遗像古循良，河洛斯文一瓣香。
好是双槐深锁处，春风雪夜读书堂。

（16） 洪洋山

洪洋山上草芃芃，浮翠桥分夕照红。
借问向来笙鹤侣，小桃无语对东风。

（17） 硝河坡

蒹葭夜雨三更远，杨柳秋风一径疏。
渔火依微人静后，硝河坡上雁来初。

（18） 披云楼

披云楼与白云齐，万井桑麻入埋低。
晓日苍凉澶濮外，鸡鸣山下乱鸡啼。

（19） 疗鹤亭

落红帘幕娟娟柳，积翠园林澹澹霞。
疗鹤人归荒径锁，满亭开遍锦葵花。

（20） 金堤龙潭

金堤渡口雪初残，玉满千林月色阑。
独有龙潭垂钓者，短蓑破笠不知寒。

（21） 东寺晓钟

豆花篱落雨花浓，几树梧桐四壁蛩。
砧杵千家秋月夜，夜深东寺一声钟。

（22） 寒泉

半亩寒泉一夜添，枣花香里雨廉纤。
牛羊杂沓冈前路，柳暗桑稠露酒帘。

（23） 陈公亭

细雨新晴欲暮天，陈公亭外净无烟。
停桡一曲清波绿，明月满池开白莲。

（24） 西湖秋水

柿叶飞红霜满林，荻芦花白夜沉沉。
只余一事增惆怅，不见西湖秋水深。

五、诗人吟濮阳历史名人五首

（一）严遂成

【作者简介】严遂成（1694—？），字崧瞻，号海珊，清浙江乌程（今浙江湖州）人。雍正二年进士。官至云南嵩明知州。历游豫、楚、滇、黔。诗工咏古，撰《明史杂咏》四卷。著有《海珊诗钞》。

1 彭襄毅泽其一（古风）

嫁女楚楚造漆器，中人之家所有事。
是第不为吴隐之，乃援象箸王杯例。
趣焚之火持急装，徒步南登太守堂。
堂上抡杖下堂詈，十二围腰倒平地。
匍伏受责起牵衣，苦留不住飘然归。
徽州固是脂膏地，尔母瘠民吾乐饥。
何哉石城邹吏目，以言谪官饭不足。
其父来视之，怒其不养捶之哭。
两家义方非中庸，中庸之道惟痴聋。

【注释】吴隐之，字处默，晋濮阳人。东晋名士，善于谈论，博涉文史，以儒雅显名。事迹见《晋书·良吏·吴隐之传》。

（二）姚鼐

【作者简介】姚鼐（1731—1815），字姬传，清安徽桐城（今安徽桐城）人。进士，选庶吉士。《四库全书》纂修官。主江南钟山、紫阳等书院讲席。工古文，高简深古，桐城派诗人。著有《九经说》《惜抱轩全集》等。

2 答孙补山中丞过港口万年庵见怀二首·其一（七律）

岭峤频褰问俗帷，流歈夹道拥蛮夷。
建牙巨海重云上，弭节千山落日时。
明月珠崖盈近岸，祥飙神庙送归旗。
县闻诸管环相慰，久识中朝吴隐之。

【注释】吴隐之，字处默，晋濮阳人。东晋名士，善于谈论，博涉文史，以儒雅显名。事迹见《晋书·良吏·吴隐之传》。

（三）方澍

【作者简介】方澍，字刘岳，清安徽无为（今安徽无为）人。光绪甲午年举人，官浙江盐大使。著有《绣溪草堂诗文词集》。

3 粤中怀古三首·其三（七绝）

海国清名吴隐之，
沉香浦里泛舟迟。
一龛先改西华寺，
芳草斜阳刺史祠。

【注释】吴隐之，字处默，晋濮阳人。东晋名士，善于谈论，博涉文史，以儒雅显名。事迹见《晋书·良吏·吴隐之传》。

（四）冯云鹏

【作者简介】冯云鹏（1765—1835），字晏海，清江苏通州（今江苏南通）人。好古耽吟咏，与同里李锡曾游，相与酬唱往还。著有《扫红亭诗集》。

4 后梁招讨王彦章铁鞭歌呈景缦楼太守（古风）

王铁枪，威名扬，十荡九决人莫当。
斗鸡小儿视晋王，斩其来使如犬羊。
末帝昏乱枭鸱张，屡建奇勋匿不彰。
老臣冤愤摧忠肠，授以劣卒驱沙场。
失守中都败递坊，招讨一死梁即亡。
谁拾此鞭犹收藏，赤心报国金煌煌。
中都在汶西南乡，递坊之镇不能详。
荒祠古墓风悲凉，嗟哉梁亡，
招讨不亡，人死留名鞭亦香。
令我拂拭心徬徨。
凛凛犹见王铁枪。

【注释】王彦章（863—923），五代时郓州寿张（今山东梁山）人，字子明。少从军卒，以骁勇闻，号“王铁枪”。后梁末帝时累迁澶州刺史。龙德末以招讨使御后唐兵，后唐大军攻兖州，彦章战败被擒，不屈，被杀。

(五)李慈铭

【作者简介】李慈铭(1830—1894),字悉伯,清浙江会稽(今浙江绍兴)人。光绪六年进士,官至山西道监察御史。著有《白华绛跗阁诗词》《越缦堂文集》。

5 庚申八月感事其二(七律)

名王铁骑镇沽中,太息藩篱指顾空。
孤注何曾谋寇准,吁留几见约陈东。
绝怜沧海横流速,尚想神京拱卫雄。
东望翠华应下泪,昭陵松柏起西风。

【注释】寇准(961—1023),字平仲。华州下邽(今陕西渭南)人。宋景德元年(1004年)冬,契丹攻宋,准力谏真宗亲征,至澶州(今河南濮阳),迫成和议,是为"澶渊之盟"。晚年封莱国公,谥忠悯。著有《寇莱公集》及《湘山野录》。

六、诗人吟桑间濮上六首

（一）毛奇龄

【作者简介】毛奇龄（1623—1716），字大可，号西河。清浙江萧山（今浙江萧山）人。康熙十八年举博学鸿词，授检讨，与修《明史》。清初名学者。词学花间体。著有《西河文集》《毛翰林词》等。

1 叶公子守备清源其一（五律）

公子饱文史，剖竹出东齐。
天际掣鹰隼，腰间莹鹔鹈。
陶山云欲满，濮上柳初低。
长啸清泉上，风流似镇西。

【注释】濮上：古卫地，指濮水之滨。春秋时濮上以侈靡之乐闻名于世，男女亦多于此处幽会。《汉书·地理志下》曰："卫地有桑间濮上之阻，男女亦亟聚会，声色生焉。"

（二）元龙

【作者简介】元龙，字牧堂，清江南华亭（今上海）人。初成诗取捷，晚岁自悔苦吟，存诗寥寥，故所收从略。

2 秋胡行（乐府）

养蚕胜养儿，养蚕犹吐丝。
养儿防亲老，而乃离庭闱。
君怜采桑妇，不念桑榆人。
桑榆景苦短，桑妇时悲辛。
还君相赠金，请君断诸妄。
君意在桑间，妾情非濮上。
攀条谢郎君，倚门人久望。

（三）戴亨

【作者简介】戴亨，字通乾，号遂堂，汉军旗人。康熙辛丑年进士，官齐河知县。著有《庆芝堂诗集》。

3 过金鱼池其三（五律）

野酌无专向，幽寻信屐踪。
沼鱼晴弄影，沙渚细含风。
虎仆抽新藻，龙兹藉落红。
萧然濠濮上，胸境一时空。

（四）曹铭彝

【作者简介】曹铭彝，字秉生，例贡生，籍贯不详，国史馆誊录候选盐大使。课其子家达严，俾从陈翔翰先生游，故家达得以诗文名一时。

4 新秋杂感四首·其三（七律）

肝胆何曾旗介藩，每从授甲病乘轩。

枯鱼乞解昆明索，处虱同嗟小阮裈。
更向伊川悲野祭，今闻濮上效夷言。
请缨南越寻常事，指望终军叩九阍。

（五）王元铸

【作者简介】王元铸，字桂芬，清江苏无锡（今江苏无锡）人。光绪时国子生。工书法，隐惠山。嗜酒，招之饮而求书无不立应。著有《芸香馆诗稿》。

5 香积池观鱼（七绝）

从筱乔柯夏亦秋，池塘水阔景偏幽。
乐鱼之乐谁知我，恍在濠间濮上游。

（六）钱陆灿

【作者简介】钱陆灿（1612—1698），字尔韬，号湘灵，清江南常熟（今江苏常熟）人。顺治十四年举人。好藏书，教授常州、扬州、金陵间，从游甚众，东南文坛领袖。著有《调运斋诗文随刻》。

6 杂感和易农（七律）

目眵头秃抱遗经，四十年前对大廷。
万里宾鸿今旧雨，三秋落叶短长亭。
鱼知濮上还濠上，鹏误南溟更北溟。
梦觉西风吹酒醒，江天剩映少微星。

参考文献

1.【明】王崇庆纂修:《开州志(嘉靖版)》影印版.上海古籍书店.

2.【清】陈兆麟纂修:《开州志(光绪版)》影印版.国家图书馆.

3.【清】厉鹗编撰:《宋诗纪事(100卷)》.上海:上海古籍出版社.1983.

4.【清】蘅塘退士编:《唐诗三百首》.北京:中华书局.2006.

5.【清】朱孝臧编:《宋词三百首》.北京:中华书局.2006.

6.【清】严可均辑:《全上古三代秦汉三国六朝文》.北京:中华书局.1999.

7.濮阳市地方志编纂委员会编:《濮阳市志(1—6)》.郑州:中州古籍出版社.2005.

8.濮阳县地方志编纂委员会编:《濮阳县志(1980—2000)》.郑州:中州古籍出版社.2008.

9.濮阳市教育委员会编:《濮阳市教育志)》.合肥:黄山书社.1998.

10.濮阳市区史志办公室编:《濮阳市区志》.郑州:中州古籍出版社.2005.

11.濮阳地方历史志办公室校注:《开州志(明·嘉靖版)》(王崇庆主编).郑州:中州古籍出版社.2017.

12.濮阳地方历史志办公室校注:《开州志校注(清·光绪版)(修订版)》(王崇庆主编).郑州:中州古籍出版社.2016.

13.濮阳市《文化旅游丛书》编委会:《开州志(清·光绪版)》(陈兆麟纂修).濮阳:濮阳市外事侨务旅游局.2016.

14.濮阳县档案局编:《八都三尚书文献选编》.郑州:河南人民出版社.2019.

15.刘石主编:《唐宋词鉴赏大辞典》.北京：中华书局.2012.

16.唐圭璋等编纂:《全宋词》.北京：中华书局.1997.

17.萧涤非等主编:《唐诗鉴赏辞典》.上海：上海辞书出版社.1983.

18.夏承焘等主编:《宋词鉴赏辞典》.上海：上海辞书出版社.2003.

19.周啸天等主编:《元明清诗鉴赏辞典》.上海：上海辞书出版社.1994.

20.钱仲联等主编:《元明清词鉴赏辞典》.上海：上海辞书出版社.2002.

21.廖盖隆等主编:《中国人名大词典》.上海：上海辞书出版社.1994.

22.赵吉惠主编:《中国儒学辞典》.沈阳：辽宁人民出版社.1988.

23.黄开国主编:《诸子百家大辞典》.成都：四川人民出版社.1999.

24.虞云国主编:《宋代文化史大辞典·下册》.上海：汉语大辞典出版社.2006.

25.霍有明主编:《中国文学编年史·隋唐五代卷》.长沙：湖南人民出版社.2006.

26.钱仲联主编:《中国文学大辞典》.上海：上海辞书出版社.1997.

27.黄惠贤主编:《二十五史人名大辞典·下册》.郑州：中州古籍出版社.1997.

28.武金铭主编:《中华文化人物辞海·文化人物》.北京：中国国际广播出版社.1998.

29.胡敬署主编:《文学百科大辞典》.北京：华龄出版社.1991.

30.河南省政府网.濮阳市政府网站.濮阳县政府网站.人民网.新华网.古诗文网.地方志网站.中国知识网.

后　记

中华优秀传统文化是中华民族的突出优势，是中华民族最深厚的文化软实力。党的十八大以来，习近平总书记多次强调在全面推进中国特色社会主义事业发展进程中，要大力弘扬中华优秀传统文化。2017年1月，中共中央办公厅、国务院办公厅印发了《关于实施中华优秀传统文化传承发展工程的意见》，这一“意见”是新中国成立以来党和政府第一次就传承发展中华优秀传统文化提出的全面系统的意见。2021年3月，《中华人民共和国国民经济和社会发展第十四个五年规划和2035年远景目标纲要（2021年3月11日第十三届全国人大四次会议通过）》明确规定：要“深入实施中华优秀传统文化传承发展工程，强化重要文化和自然遗产、非物质文化遗产系统性保护，推动中华优秀传统文化创造性转化、创新性发展”。这一重大“规划纲要”再次强调要“传承弘扬中华优秀传统文化”。

编写《濮阳古代诗词三百首》一书，正是呼应这一政策文件与规划纲要的主要表现与具体行动。

濮阳县历史悠久、文化灿烂，是中华民族、中华传统文化重要发祥地之一，也是中国著名的教育家孔子的第二故乡。第一，濮阳地理位置优越，历来为帝都国都郡府之地，尊师重教，尊儒崇学，书院林立，人文鼎盛，科第勃兴。明朝时有明道书院、崇义书院、颜宗道书院。清朝时有明道书院、崇义书院、颜宗道书院、聚魁书院。

第二，濮阳人杰地灵，英才辈出，历史上出现过许多政治家、军事家、文学家和贤臣文士。张氏始祖挥公、女诗人许穆夫人、政治家商鞅、军事家吴起、贤人柳下惠、思想家吕不韦、直臣汲黯、戏剧家宫天挺、“八都三尚书”等都是出生在濮阳的显赫英杰，故濮阳有“卫多君子”之誉。

第三，濮阳地处中原，战略地位重要，历来为兵家必争之地。商灭夏的“昆吾之战”、春秋楚晋的“城濮之战”、秦末的“项羽章邯之战”、宋辽的“澶渊之战”都发生在濮阳，故濮阳有“古战场”之称。

第四，濮阳县成语典故最多。历史上“桑间濮上”“大义灭亲”“退避三舍”、“孤注一掷”“郑卫之音”“螳臂当车”“名正言顺”“不耻下问”等著名成语典故均发生在濮阳。

概而言之，濮阳县历史积淀深厚，文化资源丰富，被誉为“中华龙乡”“儒学之乡”“进士之乡”“成语典故之乡”“杂技之乡”“诗画之乡”。

《濮阳古代诗词三百首》一书编写工作构想于2019年年底，启动于2020年3月，到6月底完成初稿，2021年3月正式定稿。主要资料来源为：（1）代表性县志。主要有《开州志（嘉靖版）》《开州志（光绪版）》《濮阳县志（1980—2000）》、《濮阳市志（1—6）》《濮阳市教育志）》《濮阳市区志》等。（2）诗词选集。主要有唐宋元明清诗词选集、唐宋元明清诗词鉴赏辞典等。2020年下半年，我们承担了河南省濮阳市政府委托的“创建《濮阳科技职业学院（筹）》工作项目研究”的重点课题。在开展创建工作过程中，我们又对濮阳县的历史地理、风土人情、文人墨客等进行了进一步地调查研究，这一工作使得《濮阳古代诗词三百首》一书更加丰富与完善，也使得出版发行工作得以顺利进行。

值得说明的是：近年来，濮阳市委市政府、濮阳县委县政府等十分重视对濮阳传统文化的挖掘、整理与传承工作，先后整理出版了《开州志（明·嘉靖版）》《开州志（清·光绪版）》《清·开州志校注（光绪版）》《八都三尚书文献选编》等古典文献的编辑出版，取得了积极的成果与可观的社会效益。这些古典文献成为我们编辑撰写《濮阳古代诗词三百首》一书的主要来源、重要依据与基本遵循。

《濮阳古代诗词三百首》只是收录古人的古诗词歌赋，而近当代诗人的诗词歌赋限于选题原则并未收揽。事实上，不但古代文人墨客撰写了不少歌吟濮阳的诗篇，而且近代也有不少歌吟濮阳的名人名作。这里摘录《濮阳县志（1980—2000）》及其他文献收录的几首诗词，以飨读者。

1. 秋过濮阳（七律）

陈毅

我行未已过濮阳，驻马凭吊古战场。
能掷孤注寇莱好，退避三舍晋文强。
应知政事先军旅，岂有筑室谋道旁？
夜坐对月秋萧瑟，白杨千株放光芒。

2. 濮阳寄情（七律）

杨得志

滚滚黄河东流去，绵绵思念忆往昔。
濮阳遍燃抗日火，中原大地展红旗。
四十余载别故地，捷报常闻心犹喜。
雏风胜于老风声，共为华夏谱新曲。

3. 登瑕丘有感三首（七律、七绝）

化建华

（一）

帝鸿虎踞青丘地，颛项迁都来帝丘。
帝喾作矩在浚城，唐尧孕育古澶州。
虞舜更慕负夏好，耕渔贩陶四十秋。
龙乡自古风流尽，谁人不识美瑕丘。

（二）

帝舜故里古瑕丘，独立中原占鳌头。
胜景当落谁诗句，李杜无缘叹悠悠。

（三）

忠孝仁义万古云，礼义之邦振乾坤。
中华文明谁造就，虞舜堪称第一人。

4. 龙城颂二首（七绝）

张杰

其一

四牌阁楼耸龙城，
八都石坊沐古风。
宋辽烽烟起中原，
成败是非井碑铭。

其二

西郊碧水龙虎藏，
绿林环抱古城墙。
笑谈不忘先祖事，

悠久文明耀龙乡。

5. 满江红·帝舜故里（词）

谢启圣

上古神州，有五帝，舜列其间。重仁孝、敬亲友弟，举恺推元。为公禅让兴夏禹，无私承继续尧年。堪圣君、创盛功德，万代传。

生姚邑，迁负夏；渔雷泽，耕历山。名胜今犹在，蔚为大观。濮阳人杰闻天下，故里地灵出高贤。众游客、览景意凌云，情更甜。

6. 水调歌头·登长城（词）

宋纪功

一路山环水，遍野绿和红。向往长城已久，今日始攀登。脚下青烟袅袅，顶上白云淡淡，拂面煦春风。极目现寥廓，昂首动豪情。

四海宾，五湖客，赞文明，宛若巨龙天降，腾跃舞苍穹。横卧神州万里，纵览人间千载，气势贯长虹。寰宇论奇迹，华夏应称雄。

本书在调查研究、查询资料与具体编写过程中，先后得到了诸多单位及有关领导、同事、朋友的大力支持与帮助：国家宣传、教育、文化、旅游、住建、国土资源、民政、地方志等部委；河南省政协、河南省委宣传部、河南省文化厅、河南省教育厅、河南省地方志办公室、河南省住建厅、河南省国土资源厅、河南省民政厅、河南省旅游局；濮阳市委市政府、濮阳市人大、濮阳市政协、濮阳市委宣传部、濮阳市文化局、濮阳市教育局、濮阳市地方志办公室、濮阳市住建局、濮阳市国土资源局、濮阳市民政局、濮阳市旅游局、濮阳市博物馆、濮阳市文联；濮阳县委县政府、濮阳县人大、濮阳县政协、濮阳县委宣传部、濮阳县文化局、濮阳县教育局、濮阳县地方志办公室、濮阳县住建局、濮阳县国土资源局、濮阳县民政局、濮阳县旅游局、濮阳县文化馆、濮阳县博物馆、濮阳县图书馆、濮阳县文联；濮阳市政府驻京办事处、北京市濮阳商会；国家图书馆、地方志网、人民网、新华网、中国知识网、百度百科知识网；陈开斌、刘洪海、张晓明、左传长、孟浩、陈红宇、钟京涛、董仕奇、王其辉、王海平、朱春风、田保阳、杨玉璞；宋殿宇、杨青玖、万正峰、徐慧前、李运朝、高尚功、张玉民、李志勇、赵红、赵雍；张宏义、周东柯、孙庆伟、刘锐、高政显、李瑞明、郭修恒、魏荣华、张相彬、王亚萍、刘忠宇、王思刚；路进勇、郭德卓、李保安、刘全锋、张海、钱先国、陈成等。在此，对以上单位及有关领导、同事、朋友的大力支持与帮助表示感谢。

本书在编撰、整理与提炼过程中参考借鉴了诸多的各类地方志与诗词歌赋文献资料，由于时间仓促，引用文献资源未能一一注明，敬请原谅。加之研究水平所限，书中错误疏漏在所难免，恳请各类领导、专家、读者批评指正。

作者　北京西城区　2021年春·夏